ZERBRICH MEIN HERZ

DIE DUNKLE SEITE DER LEIDENSCHAFT

JULIAN LIEBLICH

Erste Ausgabe 2024

Impressum:
© 2024 von Julian Lieblich. Alle Rechte vorbehalten.
Herstellung und Verlag: BoD – Books on Demand, Norderstedt
ISBN: 9783759752864

Veröffentlicht von Julian Lieblich

INHALT

EINFÜHRUNG

In einer Welt, in der Emotionen oft unser Handeln bestimmen, kann das empfindliche Gleichgewicht zwischen Liebe und Rache durch den kleinsten Anstoß kippen und zu unvorhergesehenen Konsequenzen führen. "Zerbrich mein Herz: Die dunkle Seite der Leidenschaft" erforscht die stürmische und oft gefährliche Schnittstelle dieser beiden mächtigen Kräfte. Die Erzählung taucht in das Leben komplexer Charaktere ein, die jeweils vonTö ihren eigenen Wünschen, Ängsten und Ambitionen getrieben werden, während sie einen Weg voller Leidenschaft, Verrat und Rache beschreiten.

Die Geschichte spielt vor einer Kulisse, die sowohl bezaubernd als auch tückisch ist, wo der Reiz der Romantik von dunklen Wolken der Vergeltung überschattet wird. Während sich die Leben der Charaktere verflechten, kommen ihre Geheimnisse und vergangenen Taten ans Licht und enthüllen die dünne Linie, die Liebe von Hass trennt. In dieser Geschichte ist Liebe nicht nur ein Gefühl, sondern eine mächtige Kraft, die Wunden heilen oder tiefere Narben zufügen kann, während Rache sowohl als Motivator als auch als Zerstörer von Leben dient.

Im Mittelpunkt der Erzählung steht eine eindringliche Erforschung der menschlichen Natur, die untersucht, wie Liebe zu unglaublichen Akten der Freundlichkeit und des Opfers inspirieren kann, aber auch die Flammen von Wut und Rache anheizen kann. Die Charaktere sind nicht nur Spieler in einer Geschichte, sondern Spiegelbilder der Komplexitäten, die in uns allen innewohnen. Ihre Reisen sind geprägt von Momenten intensiver Freude und tiefen Kummers, während sie mit den Konsequenzen ihrer Entscheidungen und der unvorhersehbaren Natur des Schicksals ringen.

"Zerbrich mein Herz: Die dunkle Seite der Leidenschaft" ist eine packende Geschichte, die die Leser herausfordert, über die Dualität menschlicher Emotionen und die weitreichenden Auswirkungen unserer Handlungen nachzudenken. Sie lädt uns ein, die Frage zu bedenken: Kann Liebe wirklich alles überwinden, oder gibt es Wunden, die zu tief sind, um zu heilen? Während sich die Geschichte entfaltet, wird klar, dass die Antworten nie einfach sind und der Weg zur Lösung oft ebenso gefährlich ist wie die Konflikte selbst.

Dieses Buch ist nicht nur eine Geschichte von Romantik und Rache, sondern eine fesselnde Untersuchung der menschlichen Natur. Es fängt das Wesen dessen ein, was es bedeutet zu lieben und Vergeltung zu suchen, und hebt die manchmal verschwommenen Grenzen zwischen richtig und falsch hervor.

Während die Leser in dieses komplexe Netz von Beziehungen und Motivationen hineingezogen werden, werden sie ermutigt, über ihre eigenen Erfahrungen und die Emotionen, die sie antreiben, nachzudenken.

Kapitel 1: Ein Neuanfang

Trennungsschmerz

Das Flugzeug setzte mit einem Ruck auf, die Räder rutschten über das Rollfeld, bevor sie schließlich in einen sanften Lauf übergingen. Elena's Herz pochte, als sie die Armlehnen umklammerte, ihre Knöchel waren weiß. Sie blickte aus dem Fenster und sah, wie die Lichter der Landebahn zu Streifen verschwammen, als das Flugzeug zum Stillstand rollte. Das bedrückende Gewicht dessen, was vor ihr lag, drückte auf sie und machte es schwer zu atmen.

Sie hatte das Fliegen schon immer gehasst, aber diese Reise war anders. Es war nicht nur die Turbulenz oder die beengten Sitze, die sie unruhig machten. Es war das überwältigende Gefühl der Endgültigkeit. Als das Flugzeug zum Stillstand kam, öffnete sie mit zitternden Fingern ihren Sicherheitsgurt und griff nach ihrem Handgepäck, ihre Gedanken ein wirres Durcheinander aus Angst und Entschlossenheit.

Der Gang war voller Passagiere, die darauf brannten, auszusteigen, aber Elena ließ sich Zeit und ließ sie vorbeigehen. Sie brauchte einen Moment, um sich zu wappnen, um die Fragmente ihres Entschlusses zu sammeln. Als sie schließlich in das Terminal trat, traf sie der vertraute Geruch von Flugbenzin und Desinfektionsmittel, der sie in der Realität ihrer Entscheidung verankerte.

Ihr Telefon summte in ihrer Tasche, eine deutliche Erinnerung an das Leben, das sie hinter sich ließ. Sie zog es heraus, ihr Herz sank, als sie die Nachricht von Mark las: "Wo bist du? Wir müssen reden." Sie zögerte, ihr Daumen schwebte über dem Bildschirm, bevor sie es sperrte und zurück in ihre Tasche steckte. Reden war etwas, das sie im Moment nicht bewältigen konnte.

Das Terminal war ein Bienenstock der Aktivität, Menschen eilten hin und her, jeder in seine eigene Welt vertieft. Elena fühlte sich wie ein Geist, der unter ihnen umhertrieb, losgelöst und unsichtbar. Sie machte sich auf den Weg zum Ausgang, ihre Augen scannten die Menge nach einem vertrauten Gesicht. Als sie ihre Schwester Julia am Gepäckband warten sah, überkam sie eine Welle der Erleichterung.

Julias Gesicht erhellte sich, als sie Elena entdeckte, und sie eilte herbei, zog sie in eine enge Umarmung. "Du hast es geschafft," sagte sie, ihre Stimme eine Mischung aus Besorgnis und Wärme.

"Ja," antwortete Elena, ihre Stimme kaum mehr als ein Flüstern. "Ich habe es geschafft."

Sie sammelten Elenas Gepäck schweigend ein, das Gewicht unausgesprochener Worte hing zwischen ihnen. Als sie draußen waren, war die kühle Nachtluft eine willkommene Abwechslung zur stickigen Atmosphäre des Terminals. Julia führte den Weg zu ihrem Auto, und sie fuhren schweigend, die Lichter der Stadt flimmerten vorbei wie ferne Sterne.

Elena starrte aus dem Fenster, ihr Geist raste. Sie hatte diesen Moment unzählige Male durchgespielt, aber jetzt, da er geschah, fühlte er sich surreal an. Das Leben, das sie gekannt hatte, das Leben, das sie mit Mark aufgebaut hatte, schien wie eine ferne Erinnerung. Sie fragte sich, ob sie die richtige Wahl getroffen hatte, ob das Verlassen die Antwort auf die Fragen war, die sie so lange verfolgt hatten.

Als sie schließlich Julias Wohnung erreichten, brachte die Vertrautheit des Ortes ein kleines Maß an Trost. Elena ließ ihre Taschen neben der Tür fallen und sank auf die Couch, die Erschöpfung überkam sie.

Julia setzte sich neben sie, ihre Augen waren voller Mitgefühl. "Du musst nicht darüber reden, wenn du nicht willst," sagte sie leise.

Elena schüttelte den Kopf, Tränen stiegen ihr in die Augen. "Ich weiß nicht einmal, wo ich anfangen soll," gab sie zu, ihre Stimme brach.

Julia nahm ihre Hand und drückte sie sanft. "Nimm dir Zeit. Ich bin für dich da."

Zum ersten Mal seit Wochen fühlte Elena einen Funken Hoffnung. Sie war nicht allein. Sie hatte ihre Schwester, und vielleicht, nur vielleicht, würde sie die Kraft finden, sich dem zu stellen, was als Nächstes kam.

Spontane Entscheidung

Der Regen fiel in unaufhörlichen Böen und verhüllte die geschäftigen Straßen der Stadt. Die Neonlichter der Schaufenster spiegelten sich auf dem nassen Pflaster und schufen ein Kaleidoskop von Farben, das mit jedem Regentropfen tanzte. Im Kokon des Cafés schien die Welt langsamer zu werden, das Chaos draußen reduzierte sich auf ein fernes Summen.

Mara saß an einem Ecktisch, ihre Finger um eine dampfende Tasse Kaffee gewickelt. Sie starrte aus dem Fenster, ihre Gedanken ein wirres Netz der Ungewissheit. Die Ereignisse der vergangenen Woche hatten sie erschüttert, und sie suchte Trost im vertrauten Aroma gerösteter Bohnen und der Wärme des Cafés. Ihr Geist spielte immer wieder den Moment ab, als sie die versteckte Datei auf dem Laptop ihres Bruders entdeckt hatte, die auf Geheimnisse hinwies, die sie sich nie hätte vorstellen können.

Sie hatte Dan immer als vorsichtig und sogar akribisch gekannt. Er war der Typ Mensch, der jeden Aspekt seines Lebens plante und nichts dem Zufall überließ. Doch die Datei deutete auf etwas anderes hin. Sie deutete auf ein gefährliches Spiel hin, das er gespielt hatte, eines mit hohen Einsätzen und noch höheren Risiken. Je mehr sie sich in den Inhalt vertiefte, desto mehr Fragen warf er auf. Warum hatte er ihr das verschwiegen? Worin war er verwickelt?

Ihr Telefon summte auf dem Tisch und riss sie aus ihren Gedanken. Eine Nachricht von einer unbekannten Nummer blitzte auf dem Bildschirm auf: "Treffen Sie mich im alten Lagerhaus in der 5. Straße. Mitternacht. Kommen Sie allein." Maras Herz raste. Sie wusste, dass sie anonymen Nachrichten nicht trauen sollte, aber irgendetwas daran fühlte sich anders an. Es war, als ob ein unsichtbarer Faden sie ins Unbekannte zog.

Sie blickte sich im Café um und erwartete halb, jemanden zu sehen, der sie beobachtete. Die Gäste waren in ihre eigenen Welten vertieft und ahnten nichts von dem Aufruhr in ihrer. Der Barista wischte die Theke ab und warf ihr einen flüchtigen Blick zu. Mara holte tief Luft und wog ihre Optionen ab. Sie konnte die Nachricht ignorieren, so tun, als hätte sie sie nie gesehen, und ihre Suche auf sichereren Wegen fortsetzen. Oder sie konnte einen Vertrauensvorschuss wagen, der Spur folgen und hoffen, dass sie sie der Wahrheit näher brachte.

Der Regen zeigte keine Anzeichen des Nachlassens, als sie aus dem Café trat, die kalten Tropfen stachen in ihr Gesicht. Sie zog ihren Mantel fester um sich und winkte ein Taxi herbei. Der Fahrer, ein älterer Mann mit einem freundlichen Gesicht, nickte, als sie ihm die Adresse gab. Die Fahrt war still, das einzige Geräusch war das rhythmische Wischen der Scheibenwischer.

Das Lagerhaus erhob sich in der Ferne, eine schattenhafte Gestalt gegen den Nachthimmel. Es war ein Relikt aus einer vergangenen Ära, seine einst stabilen Wände nun bröckelnd und mit Graffiti bedeckt. Das Taxi hielt an, und Mara zögerte einen Moment, bevor sie ausstieg. Sie beobachtete, wie die Rücklichter in der Dunkelheit verschwanden und sie allein mit ihren Gedanken zurückließen.

Die Luft war dick vor Spannung, als sie sich dem Eingang näherte. Ihre Schritte hallten im leeren Raum wider, jeder ein Erinnerungsstück an die Schwere ihrer Entscheidung. Sie stieß die verrostete Tür auf, das Knarren durchbrach die Stille. Drinnen war das Lagerhaus schwach beleuchtet, die einzige Lichtquelle war eine einzelne hängende Glühbirne. In der Mitte des Raumes stand eine Gestalt, in Schatten gehüllt.

Mara stockte der Atem, als die Gestalt nach vorne trat und ein vertrautes Gesicht enthüllte. Es war Dan, aber nicht so, wie sie ihn in Erinnerung hatte. Seine Augen waren gequält, sein Ausdruck eine Mischung aus Erleichterung und Angst. "Mara," flüsterte er, seine Stimme zitternd. "Du hättest nicht kommen sollen."

Sie machte einen Schritt näher, ihre Entschlossenheit wuchs. "Ich musste," antwortete sie. "Ich muss die Wahrheit wissen."

Dan seufzte und fuhr sich mit der Hand durch sein zerzaustes Haar. "Es gibt so viel, was du nicht verstehst. Aber wenn du hier bist, gibt es kein Zurück mehr." Er griff in seine Tasche und zog ein kleines, schwarzes Gerät heraus. "Das ist erst der Anfang."

Maras Herz pochte in ihrer Brust, als sie das Gerät von ihm nahm. Das Gewicht ihrer Entscheidung lastete auf ihren Schultern, aber sie wusste, dass es keine andere Wahl gab. Der Weg vor ihr war ungewiss, voller Gefahren, aber sie war bereit. Die Wahrheit wartete, und sie war entschlossen, sie aufzudecken, egal um welchen Preis.

Ankunft in Mallorca

Lauras Herz flatterte, als das Flugzeug sank und die funkelnden türkisfarbenen Gewässer des Mittelmeers in Sicht kamen. Sie war vor vielen Jahren schon einmal auf Mallorca gewesen, aber die Insel hatte in ihrem Kopf eine mythische Qualität behalten, ein Ort von sonnenbeschienenen Straßen und flüsternden Olivenhainen. Die letzten Wochen waren ein Wirbelwind gewesen, eine verwirrende Mischung aus Enthüllungen und Schatten, und sie sehnte sich nach der Klarheit, die Mallorcas ruhige Schönheit versprach.

Als das Flugzeug landete, holte sie tief Luft und versuchte, den stürmischen Tumult in ihrem Inneren zu beruhigen. Sie war auf diese Insel gekommen, um eine Mission zu erfüllen, eine Suche, die mit einer kryptischen Nachricht eines alten Freundes begonnen hatte, der nun unter mysteriösen Umständen verstorben war. Der Hinweis hatte sie zu einem alten Manuskript und einer Reihe von Ereignissen geführt, die der Logik zu trotzen schienen. Sie fühlte sich wie eine Figur in einem dieser Detektivromane, die sie als Teenager verschlungen hatte, aber das hier war keine Fiktion. Das war ihr Leben.

Der Flughafen war geschäftig, ein Bienenstock voller Aktivitäten, der im scharfen Kontrast zu der Ruhe stand, die sie suchte. Sie navigierte durch die Menschenmengen von Touristen, ihre Augen scannten die Menge nach einem vertrauten Gesicht. Ein Mann im grauen Anzug stand in der

Nähe des Ausgangs und hielt ein Schild mit ihrem Namen darauf. "Laura Sinclair," stand in ordentlichen Blockbuchstaben darauf. Sie näherte sich ihm vorsichtig.

"Frau Sinclair?" fragte der Mann. Seine Stimme war glatt, mit nur einem Hauch eines Akzents, den sie nicht ganz einordnen konnte.

"Ja, das bin ich," antwortete sie und versuchte, ihre Stimme ruhig zu halten.

"Ich bin Carlos. Mir wurde aufgetragen, Sie zu Ihrer Unterkunft zu bringen," sagte er und schenkte ihr ein höfliches Lächeln, das seine Augen nicht erreichte.

Die Fahrt vom Flughafen war ein verschwommener Mix aus kurvenreichen Straßen und malerischen Dörfern. Lauras Gedanken rasten, während sie versuchte, die Bruchstücke der Informationen zusammenzusetzen, die sie hatte. Das Manuskript hatte von einem versteckten Artefakt gesprochen, etwas von immensem Wert und noch größerer Gefahr. Der Tod ihrer Freundin war als Unfall eingestuft worden, aber Laura wusste es besser. Ein Schauer lief ihr über den Rücken, als sie über die Implikationen nachdachte.

Sie kamen in einer malerischen Villa an, die zwischen Olivenbäumen eingebettet war, der Duft von Rosmarin und

Lavendel erfüllte die Luft. Carlos half ihr mit ihrem Gepäck und überreichte ihr dann einen kleinen Umschlag. "Das wurde für Sie hinterlassen," sagte er, bevor er sich zum Gehen wandte.

Laura öffnete den Umschlag mit zitternden Fingern. Darin befand sich ein einzelnes Blatt Papier mit einer handgeschriebenen Notiz: "Vertraue niemandem. Die Antworten liegen im Kloster von Lluc. Sei vorsichtig."

Ihr Herz pochte in ihrer Brust, als sie die Worte las. Das Kloster von Lluc war ein jahrhundertealtes Kloster, ein Ort der Pilgerfahrt und des Geheimnisses. Sie hatte darüber gelesen, aber nie gedacht, dass sie es unter solchen Umständen besuchen müsste.

Sie verbrachte den Abend damit, auszupacken und zu versuchen, sich zu entspannen, aber ihr Geist war ein Strudel von Gedanken. Sie wusste, dass sie zur Abtei gehen musste, aber die Warnung in der Notiz hallte in ihrem Kopf wider. Vertraue niemandem. Auf wen konnte sie sich verlassen? Carlos? Die örtlichen Behörden? Oder war sie wirklich allein auf dieser Suche?

Am nächsten Morgen brach sie früh auf, die aufgehende Sonne warf lange Schatten über die Landschaft. Die Fahrt zur Abtei von Lluc war sowohl schön als auch unheilvoll, die Straße schlängelte sich durch raues Gelände und dichte Wälder. Als sie sich den alten Steinmauern der Abtei näherte, fühlte sie eine Mischung aus Ehrfurcht und Beklommenheit. Dieser Ort barg Geheimnisse, dessen war sie sich sicher. Geheimnisse, die sie entweder retten oder in noch größere Gefahr bringen könnten.

Laura holte tief Luft und rüstete sich für das, was vor ihr lag. Sie war so weit gekommen, und es gab jetzt kein Zurück mehr. Die Türen der Abtei erhoben sich groß vor ihr, ein Tor zu den Antworten, die sie verzweifelt brauchte. Sie stieß die Türen auf, trat in das kühle, dämmrige Innere und war bereit, sich dem zu stellen, was sie dort erwartete.

Erste Eindrücke

Die belebten Straßen der Stadt waren ein Wandteppich aus lebendigen Farben und unaufhörlicher Bewegung. Jede Figur bewegte sich zielgerichtet, ohne sich des stillen Beobachters bewusst zu sein, der aus den Schatten zusah. Olivia stand am Rand des Bürgersteigs, ihre Augen scannten die Menge mit einer Mischung aus Vorsicht und Neugier. Sie war schon immer gut darin gewesen, Menschen zu lesen, eine Fähigkeit, die sie in den Jahren des Navigierens durch die tückischen Gewässer ihrer Vergangenheit verfeinert hatte.

Während sie auf das Signal zum Überqueren wartete, fiel ihr Blick auf einen Mann, der ein paar Meter entfernt stand. Er war groß, mit einem rauen Auftreten, das darauf hindeutete, dass er mit Gefahr vertraut war. Sein dunkles Haar war zerzaust, und eine schwache Narbe zog sich über seine linke Wange, was seinem ansonsten gutaussehenden Gesicht eine geheimnisvolle Note verlieh. Es war etwas an ihm, das sie anzog, eine magnetische Anziehungskraft, die sie nicht ganz erklären konnte.

Die Ampel schaltete auf Grün, und die Menge drängte nach vorne. Olivia fand sich im Gleichschritt mit dem Fremden wieder, ihre Wege kreuzten sich, als ob sie von einer unsichtbaren Kraft geleitet würden. Sie blickte zur Seite und fing für einen kurzen Moment seinen Blick auf. Sein Blick war intensiv und durchdrang die Fassade, die sie sorgfältig aufrechterhielt. Es war, als könnte er direkt durch sie hindurchsehen, in die Tiefen ihrer Seele.

"Entschuldigen Sie," sagte er, seine Stimme tief und resonant. "Wissen Sie, wo ich das nächste Café finden kann?"

Olivia zögerte, ihre Instinkte schrien sie an, vorsichtig zu sein. Doch es war etwas Entwaffnendes an seiner Präsenz, ein Gefühl der Vertrautheit, das sie nicht ignorieren konnte. "Es gibt eins gleich um die Ecke," antwortete sie und zeigte in die Richtung, aus der sie gekommen war. "Es heißt The Daily Grind."

"Danke," sagte er, ein schwaches Lächeln spielte um seine Lippen. "Ich bin neu in der Stadt und könnte eine gute Tasse Kaffee gebrauchen."

Sie nickte, ihre Neugier geweckt. "Willkommen in der Stadt," sagte sie, ihr Ton freundlicher, als sie beabsichtigt hatte. "Es ist ein Ort voller Überraschungen."

Der Mann lachte leise, ein Geräusch, das ihr einen unerwarteten Schauer über den Rücken jagte. "Ich fange an, das zu sehen," antwortete er. "Übrigens, ich bin Jack."

"Olivia," sagte sie und streckte ihre Hand aus. Als sich ihre Finger berührten, schoss ein elektrischer Schlag durch sie, der sie für einen Moment atemlos machte. Sie zog schnell ihre Hand zurück und hoffte, dass er ihre Reaktion nicht bemerkt hatte.

"Freut mich, dich kennenzulernen, Olivia," sagte Jack, seine Augen ließen ihre nie los. "Vielleicht sehe ich dich ja mal wieder."

"Vielleicht," wiederholte sie, ihr Kopf voller Fragen. Wer war dieser Mann, und warum hatte er eine solche Wirkung auf sie? Sie beobachtete, wie er in der Menge verschwand, ein Gefühl der Unruhe in ihrer Brust. Etwas sagte ihr, dass ihre Begegnung noch lange nicht vorbei war.

Während Olivia weiterging, konnte sie das Gefühl nicht abschütteln, dass Jack mehr war, als er schien. In seinen Augen lag eine Dunkelheit, ein Hauch von Gefahr, der sie sowohl faszinierte als auch ängstigte. Sie wusste, dass sie auf der Hut sein musste, aber ein Teil von ihr fühlte sich zu ihm hingezogen, getrieben, die Geheimnisse zu lüften, die er verbarg.

Die Stadt um sie herum summte vor Leben, aber ihre Gedanken waren von dem rätselhaften Fremden, den sie gerade getroffen hatte, eingenommen. In einer Welt, in der Vertrauen eine seltene Ware war, konnte Olivia es sich nicht leisten, Risiken einzugehen. Dennoch konnte sie das Feuer, das zwischen ihnen entfacht worden war, nicht leugnen, ein Feuer, das versprach, ihre sorgfältig konstruierte Welt auf den Kopf zu stellen.

Einleben

Die ersten Strahlen der Morgendämmerung filterten durch die dünnen Vorhänge und warfen ein sanftes Leuchten über das kleine, spärlich eingerichtete Zimmer. Emily setzte sich auf das schmale Bett, ihre Augen gewöhnten sich an die neue Umgebung. Sie konnte immer noch die Echos der Stadt draußen hören, eine ständige Erinnerung daran, dass sie weit entfernt von den ruhigen Vororten war, die sie einst ihr Zuhause nannte. Die Ereignisse der letzten Wochen waren ein

Wirbelsturm gewesen, und jetzt, in dieser fremden Wohnung, musste sie sich zurechtfinden.

Das Zimmer war einfach, mit einem einzigen Holzstuhl am Fenster und einem kleinen Schreibtisch, der mit Papieren und Büchern überladen war. Sie bemerkte ein verblasstes Foto, das über dem Schreibtisch an die Wand gepinnt war. Es zeigte ein jüngeres Paar, das strahlend lächelte, ihre Augen voller Träume. Emily fragte sich, wer sie waren und was mit ihnen passiert war. Ein Gefühl der Unruhe machte sich in ihrer Brust breit, aber sie schob es beiseite. Es gab dringendere Angelegenheiten zu erledigen.

Sie schwang ihre Beine über die Bettkante und stand auf, streckte ihre steifen Muskeln. Der kühle Boden unter ihren Füßen stand im krassen Gegensatz zur Wärme des Bettes. Sie ging zum Fenster und zog die Vorhänge beiseite, wodurch eine belebte Straße darunter sichtbar wurde. Die Leute eilten vorbei, verloren in ihren eigenen Welten, ohne die Fremde zu bemerken, die sie von oben beobachtete. Emily fühlte einen Stich der Einsamkeit, aber sie wusste, dass sie es sich nicht leisten konnte, darüber nachzudenken.

Ihre Gedanken wurden durch ein sanftes Klopfen an der Tür unterbrochen. Sie drehte sich um und sah Alex im Türrahmen stehen, sein Ausdruck ernst. Er trat ein und schloss die Tür hinter sich. "Wie hast du geschlafen?" fragte er, seine Stimme sanft.

"Nicht besonders gut," gab Emily zu und fuhr sich mit der Hand durch das zerzauste Haar. "Aber ich werde es schaffen."

Alex nickte verständnisvoll. "Wir müssen unsere Pläne für heute durchgehen. Es gibt viel zu tun, und wir können uns keine Fehler leisten."

Emily holte tief Luft und rüstete sich für die bevorstehenden Herausforderungen. "Was steht als Erstes auf der Liste?"

"Wir müssen uns mit unserem Kontakt treffen," erklärte Alex. "Er hat einige Informationen, die für uns entscheidend sein könnten. Danach müssen wir anfangen, Vorräte zu sammeln. Diese Stadt kann unberechenbar sein, und wir müssen auf alles vorbereitet sein."

Emily nickte, ihr Geist war bereits mit den bevorstehenden Aufgaben beschäftigt. Sie wusste, dass jeder Schritt, den sie machten, sie ihrem Ziel näher brachte, aber auch die Gefahr erhöhte. Die Einsätze waren hoch, und ein Scheitern war keine Option.

Als sie die Wohnung verließen, konnte Emily nicht anders, als einen Blick auf das Foto an der Wand zu werfen. Sie fragte sich, ob das Paar auf dem Bild jemals mit den Herausforderungen konfrontiert war, denen sie sich jetzt stellen musste. Der Gedanke gab ihr ein seltsames Gefühl von Trost, zu wissen, dass andere vor ihr schwierige Wege gegangen waren.

Die Straßen waren ein Labyrinth aus Aktivitäten, und Emily folgte Alex dicht, um mit seinem zügigen Tempo Schritt zu halten. Sie schlängelten sich durch die Menge, ihr Ziel war Alex klar, aber für Emily ein Rätsel. Sie vertraute ihm jedoch, und dieses Vertrauen war alles, woran sie sich in dieser chaotischen Stadt festhalten konnte.

Ihr Kontakt wartete in einem schwach beleuchteten Café, ein unscheinbarer Mann mit einem wettergegerbten Gesicht und misstrauischen Augen. Er begrüßte sie mit einem Nicken und deutete ihnen, sich zu setzen. Als sie sich setzten, fühlte Emily einen Schub an Entschlossenheit. Der Weg vor ihnen war voller Gefahren, aber sie war bereit, ihm direkt ins Auge zu sehen. Die Stadt mochte ihr fremd gewesen sein, aber sie war entschlossen, sie zu ihrer eigenen zu machen.

Kapitel 2: Das Strandcafé

Ein bezaubernder Ort

Eingebettet am Rande der geschäftigen Stadt gab es einen Ort, an dem die Zeit langsamer zu vergehen schien, an dem die Luft immer ein wenig süßer war und an dem die Sorgen der Welt meilenweit entfernt schienen. Die Einheimischen nannten ihn Willow's Edge, ein verstecktes Juwel, das ein gut gehütetes Geheimnis unter denen blieb, die seine ruhige Schönheit schätzten. Es war eine Art Zufluchtsort, ein Ort, an dem Menschen Trost suchten, dem unerbittlichen Tempo ihres täglichen Lebens entkamen und manchmal den Flüstern ihrer Vergangenheit begegneten.

Das Herz von Willow's Edge war seine weitläufige Wiese, eine riesige Fläche von smaragdgrünem Gras, die sich so weit erstreckte, wie das Auge sehen konnte. Übersät mit Wildblumen in jeder erdenklichen Farbe war es der Traum eines Malers, ein Tableau von der feinsten Arbeit der Natur. Die Wiese war von einem dichten Wald umgeben, dessen uralte Bäume wie stille Wächter standen, ihre Äste sanft im Wind wiegend, als ob sie Geheimnisse mit dem Wind teilten. Ein schmaler, gewundener Pfad schlängelte sich durch das Grün und lud Wanderer ein, die versteckten Winkel und Ecken dieses verzauberten Ortes zu erkunden.

In der Mitte der Wiese stand ein alter, verwitterter Pavillon, dessen weiße Farbe abblätterte und dessen Holzbalken vor Alter knarrten. Er hatte unzählige Sonnenuntergänge gesehen und das Lachen vieler Generationen gehört. Der Pavillon war ein Lieblingsort für Liebende und Träumer gleichermaßen, ein Ort, an dem Gelübde geflüstert und Versprechen gemacht wurden. Hier, unter dem Baldachin funkelnder Sterne, hatten viele Herzen ihre wahre Bestimmung gefunden.

An diesem besonderen Abend senkte sich die Sonne tief am Horizont und tauchte Willow's Edge in ein goldenes Licht. Der Himmel war eine Leinwand aus warmen Orangetönen und Purpurtönen, der Tag verabschiedete sich auf die spektakulärste Weise. Vögel zwitscherten ihre letzten Lieder, bevor sie sich für die Nacht niederließen, und die Luft war erfüllt vom süßen Duft blühenden Jasmins.

Inmitten dieser friedlichen Szenerie stand eine einsame Gestalt am Rand der Wiese, ihre Silhouette vom schwindenden Licht umrahmt. Ihr Name war Emily Hart, eine Frau, deren Leben sowohl von Liebe als auch von Verlust geprägt war. Sie war nach Willow's Edge gekommen, um Zuflucht zu suchen, in der Hoffnung, dass die stille Schönheit des Ortes ihr helfen würde, die Antworten zu finden, die sie so verzweifelt suchte. Emily war schon immer von der Wiese angezogen worden, seit sie ein kleines Mädchen war. Hier hatte sie unzählige Stunden mit ihrer Großmutter verbracht, Geschichten aus längst vergangenen Zeiten zugehört, von Abenteuern und Romanzen, die fast zu magisch schienen, um wahr zu sein.

Als sie den vertrauten Pfad entlangging, schweiften ihre Gedanken zurück zu diesen geschätzten Erinnerungen. Sie konnte fast die Stimme ihrer Großmutter hören, weich und melodisch, wie sie Geschichten von Tapferkeit und Herzschmerz erzählte. Es war genau auf dieser Wiese, dass Emily zum ersten Mal über die Zerbrechlichkeit des Lebens und die flüchtige Natur des Glücks gelernt hatte. Und jetzt, am Beginn eines neuen Kapitels stehend, fühlte sie das Gewicht dieser Lektionen stärker als je zuvor.

Der Pavillon kam in Sicht, seine abgenutzte Struktur ein tröstlicher Anblick. Emily stieg langsam die Stufen hinauf, jedes Knarren des Holzes hallte im stillen Abend wider. Sie ließ sich auf die Bank nieder, ihre Augen auf den Horizont gerichtet. Die Welt schien den Atem anzuhalten, als ob sie darauf wartete, dass sie einen Schritt machte, den nächsten Schritt auf ihrer Reise.

In der Stille von Willow's Edge fühlte Emily, wie ein Gefühl des Friedens über sie kam. Die Antworten, die sie suchte, würden vielleicht nicht leicht kommen, aber sie wusste, dass dieser charmante Ort, mit seiner zeitlosen Schönheit und stillen Anmut, sie leiten würde. Hier, inmitten der Flüstern der Vergangenheit und dem Versprechen der Zukunft, würde sie ihren Weg finden.

Isabelle treffen

Das Café an der Ecke der Elm Street war ein Zufluchtsort für diejenigen, die einen Moment der Ruhe inmitten des Chaos der Stadt suchten. Das warme, einladende Aroma von frisch gemahlenen Bohnen durchzog die Luft, vermischte sich mit dem subtilen Summen von Gesprächen und dem gelegentlichen Klirren von Keramiktassen. Es war in dieser friedlichen Umgebung, dass ich Isabelle zum ersten Mal erblickte.

Sie saß am Fenster, ihr Blick verloren in der geschäftigen Welt draußen. Ihr langes, kastanienbraunes Haar fiel über ihre Schultern und fing das weiche Morgenlicht ein, wodurch ein Heiligenschein um ihren Kopf entstand. Sie trug ein einfaches, aber elegantes Kleid in tiefem Burgunderrot, das ihren hellen Teint ergänzte. Es lag eine stille Zuversicht in ihrer Ausstrahlung, eine Anmut, die fast überirdisch wirkte.

Ich beobachtete, wie sie gedankenverloren ihren Kaffee umrührte, ihre zarten Finger zeichneten den Rand der Tasse nach. Es war etwas Faszinierendes an ihrer Präsenz, eine unerklärliche Anziehungskraft, die mich in ihren Bann zog. Es war, als hätte das Universum sich verschworen, uns genau in diesem Moment zusammenzubringen.

Mutig sammelte ich meinen Mut und näherte mich ihrem Tisch, mein Herz pochte in meiner Brust. "Entschuldigung," sagte ich, meine Stimme kaum mehr als ein Flüstern. "Ist dieser Platz frei?"

Sie schaute auf, ihre Augen ein auffallendes Grün, das durch meine Seele zu dringen schien. Ein schwaches Lächeln spielte auf ihren Lippen, als sie auf den leeren Stuhl ihr gegenüber deutete. "Bitte, nehmen Sie Platz."

Ich setzte mich, ein seltsames Gemisch aus Nervosität und Aufregung verspürend. "Ich bin Alex," stellte ich mich vor und streckte meine Hand aus.

"Isabelle," antwortete sie, ihr Griff fest, aber sanft. "Freut mich, dich kennenzulernen, Alex."

Einen Moment lang saßen wir schweigend da, das Geräusch des Cafés verblasste im Hintergrund. Es gab ein unausgesprochenes Verständnis zwischen uns, eine Verbindung, die Worte überstieg. Es war, als hätten wir uns ein Leben lang gekannt, obwohl wir uns gerade erst getroffen hatten.

"Was führt dich hierher?" fragte Isabelle und durchbrach die Stille.

Ich zögerte, unsicher, wie viel ich preisgeben sollte. "Ich brauchte einfach eine Pause von allem," sagte ich vage. "Und du?"

Sie kicherte leise, ein Geräusch, das mir einen Schauer über den Rücken jagte. "Mir geht es genauso. Manchmal ist es schön, der Welt für eine Weile zu entfliehen."

Während wir sprachen, erfuhr ich mehr über Isabelle. Sie war eine Künstlerin, leidenschaftlich darum bemüht, die Schönheit und Komplexität der menschlichen Erfahrung einzufangen. Ihre Augen leuchteten, wenn sie über ihre Arbeit sprach, und ich fand mich von ihrer Begeisterung gefesselt. Es gab eine Tiefe in ihr, die ich selten erlebt hatte, eine Weisheit, die ihr jugendliches Aussehen Lügen strafte.

Stunden vergingen, und die Sonne begann unterzugehen und warf einen goldenen Schein über die Stadt. Wir blieben in unserer kleinen Ecke des Cafés, verloren im Gespräch. Es war, als ob die Zeit aufgehört hätte zu existieren, und alles, was zählte, war die Verbindung, die wir geknüpft hatten.

Als wir uns darauf vorbereiteten, uns zu verabschieden, griff Isabelle in ihre Tasche und zog ein kleines, kunstvoll gestaltetes

Notizbuch heraus. "Hier," sagte sie und reichte es mir. "Eine kleine Erinnerung an unser Treffen."

Ich nahm das Notizbuch und spürte das Gewicht seiner Bedeutung. "Danke," sagte ich, meine Stimme voller aufrichtiger Dankbarkeit.

"Bis zum nächsten Mal," antwortete sie mit einem Augenzwinkern, bevor sie in den abendlichen Schatten verschwand.

Ich verließ das Café an jenem Abend mit einem Gefühl der Vorfreude und einem Herzen voller Hoffnung. Isabelle zu treffen war ein zufälliges Aufeinandertreffen gewesen, aber es fühlte sich an wie der Beginn von etwas Tiefgründigem. Wenig wusste ich, dass es eine tödliche Begegnung war, die mein Leben für immer verändern würde.

Sofortige Verbindung

Das Klirren von Gläsern und das leise Murmeln von Gesprächen erfüllten die Luft, während Olivia sich durch das überfüllte Wohltätigkeitsgala bewegte. Sie war nicht besonders begeistert von diesen Veranstaltungen, aber heute Abend war anders. Die Einladung war mit einer persönlichen Notiz ihres alten Mentors gekommen, die sie aufforderte, teilzunehmen.

Ihre Neugier war geweckt, und sie beschloss zu sehen, was der Abend bereithielt.

Als sie den Raum absuchte, landeten ihre Augen auf einer großen Gestalt in der Nähe der Bar. Er war in eine lebhafte Diskussion mit einer Gruppe von Menschen vertieft, sein dunkles Haar und die scharfe Kinnlinie wurden durch die gedämpfte Beleuchtung betont. Es war etwas Magnetisches an ihm, etwas, das sie trotz ihrer üblichen Vorbehalte anzog.

Ihre Augen trafen sich, und ein elektrischer Strom schien zwischen ihnen zu fließen. Er entschuldigte sich bei seinen Begleitern und ging auf sie zu. Olivia spürte, wie ihr Herzschlag mit jedem seiner Schritte schneller wurde. Als er schließlich vor ihr stand, konnte sie das Funkeln in seinen Augen und das selbstbewusste Lächeln auf seinen Lippen sehen.

„Olivia, richtig?" Seine Stimme war glatt, mit einem Hauch von Neugier.

„Ja, und Sie sind?" antwortete sie, bemüht, ihre Fassung zu bewahren.

„Ethan. Ethan Cole." Er streckte ihr die Hand entgegen, und sie schüttelte sie, wobei sie ein seltsames Gefühl der Vertrautheit in seiner Berührung spürte.

Sie verbrachten die nächsten Stunden damit, zu reden, völlig in die Geschichten des anderen vertieft. Olivia stellte fest, dass sie sich ihm gegenüber auf eine Weise öffnete, wie sie es schon lange bei niemandem mehr getan hatte. Es gab eine Leichtigkeit in ihrem Gespräch, einen natürlichen Fluss, der sie die Menge um sie herum vergessen ließ.

Ethan erzählte von seinen Reisen, seiner Arbeit im internationalen Recht und seiner Leidenschaft für Gerechtigkeit. Olivia hörte aufmerksam zu, fasziniert von seinen Erlebnissen und der Tiefe seiner Überzeugungen. Im Gegenzug sprach sie über ihre eigene Reise, ihre Kämpfe und ihre Träume. Es war, als ob sie sich seit Jahren kannten, nicht nur seit wenigen Stunden.

Die Nacht verging, und der Galaabend begann sich dem Ende zuzuneigen. Ethan schlug vor, einen Spaziergang draußen zu machen, und Olivia stimmte begeistert zu. Die kühle Nachtluft war eine willkommene Erleichterung von dem stickigen Ballsaal, und sie schlenderten durch den wunderschön beleuchteten Garten, während sie ihr Gespräch fortsetzten.

Es gab einen Moment angenehmer Stille, als sie einen abgelegenen Platz bei einem Brunnen erreichten. Olivia drehte sich zu Ethan um, und er erwiderte ihren Blick mit einer Intensität, die ihr den Atem stocken ließ. Er trat einen Schritt näher, und sie fühlte ein überwältigendes Gefühl der Verbundenheit, als ob sie zwei Teile eines Puzzles wären, die endlich zusammenpassen.

„Ich habe das Gefühl, dich schon ewig zu kennen", sagte Ethan leise und spiegelte ihre eigenen Gedanken wider.

„Ich auch", flüsterte Olivia, ihre Stimme kaum hörbar.

Sie standen da, verloren in den Augen des anderen, die Welt um sie herum verblasste in den Hintergrund. Es war ein Moment des reinen, unausgesprochenen Verständnisses, eine Bindung, die die kurze Zeit, die sie sich kannten, überstieg.

Als die Nacht zu Ende ging, tauschten sie Nummern aus und versprachen, sich bald wiederzusehen. Olivia verließ das Gala mit einem Gefühl von Aufregung und Erwartung, wissend, dass ihr Leben gerade eine unerwartete Wendung genommen hatte. Ethan hatte etwas in ihr geweckt, einen Funken, den sie lange nicht mehr gespürt hatte, und sie konnte es kaum erwarten zu sehen, wohin diese neue Verbindung führen würde.

Geteilte Geschichten

Lena saß auf der Kante ihres Bettes, die alten Holzdielen knarrten unter ihren Füßen. Das Zimmer war schwach von einer einzigen Lampe beleuchtet, die lange Schatten warf, die mit der flackernden Flamme tanzten. Sie hielt ein abgenutztes Foto ihrer Eltern fest, deren lächelnde Gesichter ein scharfer Kontrast zu dem Chaos waren, das ihr Leben erfasst hatte. Die Erinnerungen an ihren frühen Tod verfolgten sie, eine ständige Erinnerung an die tödliche Begegnung, die ihre Welt zerschmettert hatte.

Das Klopfen an ihrer Tür riss Lena aus ihrer Träumerei. Sie steckte das Foto schnell unter ihr Kissen und öffnete die Tür, um Detective Mark Thompson dort stehen zu sehen. Seine Anwesenheit war eine Mischung aus Trost und Unbehagen; er war die einzige Person, die ihren Schmerz zu verstehen schien, doch seine Fragen riefen immer wieder Erinnerungen hervor, die sie vergessen wollte.

"Darf ich reinkommen?" fragte Mark, seine Stimme sanft, aber bestimmt.

Lena nickte und trat zur Seite, um ihn hereinzulassen. Er setzte sich in den alten Sessel am Fenster, seine Augen durchsuchten den Raum, als ob sie in den Schatten nach Hinweisen suchten.

"Ich dachte, wir könnten reden," sagte Mark und durchbrach die Stille. "Über deine Eltern und was in jener Nacht passiert ist."

Lenas Herz zog sich zusammen. Sie hatte die Geschichte so oft erzählt, jedes Mal eine neue Wunde. Aber sie wusste, dass Mark versuchte zu helfen, die Fragmente jenes schicksalhaften Abends zusammenzusetzen.

"Es sollte eine Feier sein," begann Lena, ihre Stimme kaum mehr als ein Flüstern. "Meine Eltern waren gerade von einer Reise zurückgekehrt, und wir waren alle so glücklich, zusammen zu sein. Wir hatten Abendessen, lachten... alles schien perfekt."

Sie hielt inne, das Gewicht der Erinnerungen drückte auf sie. Mark wartete geduldig, seine Augen verließen ihr Gesicht nicht.

"Dann klingelte das Telefon," fuhr Lena fort. "Mein Vater nahm ab, und sein Gesichtsausdruck änderte sich. Er sagte uns, wir sollten drinnen bleiben, dass er draußen etwas überprüfen müsse. Meine Mutter folgte ihm, besorgt. Ich... ich blieb in der Küche und lauschte den Geräuschen draußen."

Lenas Stimme zitterte, als sie die Ereignisse schilderte. "Es gab Stimmen, wütende Stimmen. Dann... Schüsse. Ich rannte nach draußen, aber es war zu spät. Sie lagen beide dort, leblos."

Mark beugte sich vor, sein Gesicht von Mitgefühl gezeichnet. "Du hast vorher erwähnt, dass du jemanden weglaufen gesehen hast. Kannst du dich an irgendetwas über diese Person erinnern?"

Lena schloss die Augen und versuchte, das Bild aus den Tiefen ihrer Erinnerung hervorzurufen. "Es war dunkel, aber ich erinnere mich an eine vermummte Gestalt. Sie bewegten sich schnell und verschwanden in der Nacht. Ich konnte ihr Gesicht nicht sehen."

Mark nickte und machte sich Notizen in seinem kleinen, ledergebundenen Notizbuch. "Jedes Detail hilft," sagte er leise. "Wir kommen der Sache näher, Lena. Das verspreche ich dir."

Der Raum fiel wieder in Stille, das Gewicht ihrer gemeinsamen Geschichten lag in der Luft. Lena spürte einen Hoffnungsschimmer, ein kleines Licht in der Dunkelheit, die sie umhüllt hatte. Marks Anwesenheit, seine unerschütterliche Entschlossenheit, gab ihr Kraft.

Als Mark aufstand, um zu gehen, legte er eine beruhigende Hand auf Lenas Schulter. "Wir werden Gerechtigkeit für deine Eltern finden," sagte er. "Zusammen."

Lena sah ihm nach, wie die Tür sich leise hinter ihm schloss. Sie griff unter ihr Kissen und zog das Foto erneut hervor. Als sie in die Gesichter ihrer Eltern starrte, fühlte sie einen erneuerten Sinn für Zweck. Die Reise, die Wahrheit zu enthüllen, war noch lange nicht vorbei, aber mit Mark an ihrer Seite fühlte sie sich bereit, allem entgegenzutreten, was vor ihr lag.

Eine wachsende Anziehung

Das sanfte Leuchten der Abendsonne filterte durch die Vorhänge des kleinen Cafés, in dem Emily und James sich nach der Arbeit oft wiederfanden. Es war zu ihrer unausgesprochenen Tradition geworden, eine Möglichkeit, sich von den Belastungen ihrer jeweiligen Jobs zu entspannen. Emily, mit ihrem kastanienbraunen Haar, das über ihre Schultern fiel, saß James gegenüber, dessen dunkle Augen tausend unausgesprochene Worte zu halten schienen. Sie hatten sich zufällig getroffen, aber ihre Bindung war mit jedem Tag stärker geworden.

Emilys Lachen war wie eine Melodie, von der James nicht genug bekommen konnte, und er fand immer wieder Ausreden, um es zu hören. Heute Abend war es nicht anders. Sie erzählten sich Geschichten, ihre Hände berührten sich gelegentlich und schickten elektrische Funken durch sie beide. Das Gespräch floss mühelos, und mit jedem Wort entdeckten sie mehr Gemeinsamkeiten.

"Denkst du jemals darüber nach, was hätte sein können, wenn wir uns nicht getroffen hätten?" fragte Emily und suchte in James' Gesicht nach einem Hinweis auf seine Gedanken.

James lächelte, ein warmes, echtes Lächeln, das seine Augen erreichte. "Ich versuche, nicht darüber nachzudenken. Ich bin einfach froh, dass wir uns getroffen haben."

Es gab einen Moment der Stille, nicht unangenehm, sondern angenehm, erfüllt von dem unausgesprochenen Verständnis, dass etwas Bedeutendes zwischen ihnen wuchs. Die sanfte Hintergrundmusik des Cafés schien die Emotionen zu unterstreichen, die keiner von ihnen noch vollständig artikulieren konnte.

Als sie in die kühle Nachtluft hinaustraten, zögerte James einen Moment, bevor er Emilys Hand ergriff. Sie sah zu ihm auf, überrascht, aber erfreut, ihr Herz flatterte bei der einfachen Geste. Sie gingen schweigend, die Lichter der Stadt warfen einen sanften Schein um sie herum und ließen alles fast magisch erscheinen.

James' Gedanken waren ein Wirbelwind. Er war immer vorsichtig mit seinen Gefühlen gewesen, aber Emily hatte eine Art, seine Mauern zu durchbrechen. Ihre Freundlichkeit, ihr Witz, ihre Stärke – das waren Eigenschaften, die er zutiefst bewunderte. Er wusste, dass er sich in sie verliebte, aber die Angst, ihre Freundschaft zu ruinieren, hielt ihn zurück.

Emily hingegen war hin- und hergerissen zwischen ihren wachsenden Gefühlen für James und ihrer Angst vor

Verletzlichkeit. Sie war schon einmal verletzt worden, und die Narben waren noch frisch. Aber James war anders. Er ließ sie sich sicher und geschätzt fühlen. Sie drückte seine Hand ein wenig fester, in der Hoffnung, dass er die stille Botschaft, die sie zu vermitteln versuchte, spüren konnte.

Sie erreichten Emilys Wohnhaus, und der Moment des Abschieds war immer der schwerste. Keiner von beiden wollte, dass der Abend endete, doch keiner wusste, wie man ihn verlängern konnte, ohne die unsichtbare Linie zu überschreiten, die sie beide gezogen hatten.

"Danke für heute Abend," sagte Emily leise, ihre Augen auf James gerichtet.

"Jederzeit," antwortete James, seine Stimme ebenso leise. Es gab eine Pause, einen Moment, in dem die Welt stillzustehen schien, und dann beugte er sich vor und drückte einen sanften Kuss auf ihre Stirn. Es war eine zärtliche, fast ehrfürchtige Geste, die Bände sprach.

Emilys Herz schwoll vor Emotionen an. Sie sah ihm nach, wie er wegging, ein Lächeln spielte auf ihren Lippen. Sie wusste tief im Inneren, dass sich ihre Beziehung zu etwas Schönem entwickelte, etwas, das keiner von beiden hätte voraussehen können.

Als sie die Tür ihrer Wohnung hinter sich schloss, fühlte Emily eine gewisse Vorfreude. Die Zukunft war ungewiss, aber zum ersten Mal seit langer Zeit fühlte sie sich hoffnungsvoll. Sie wusste, dass sie bereit war, allem entgegenzutreten, was vor ihr lag, besonders wenn James an ihrer Seite war.

Kapitel 3: Unvergessliche Momente

Die Insel erkunden

Die Sonne hing tief am Himmel und warf einen bernsteinfarbenen Schein über das dichte Laub, das die unberührte Küste der Insel säumte. Das rhythmische Geräusch der Wellen, die sanft gegen die Felsen schlugen, bildete einen starken Kontrast zu der Spannung, die in der Luft lag. Emma und David, erschöpft von ihrer beschwerlichen Reise, standen am Wasser und ließen ihren Blick über das unbekannte Terrain vor ihnen schweifen.

Emma richtete den Riemen ihres Rucksacks, ihre Finger zitterten leicht. "Wir müssen vor Einbruch der Dunkelheit einen Unterschlupf finden," sagte sie, ihre Stimme kaum in der Lage, die Angst zu verbergen, die an ihr nagte. David nickte zustimmend, seine Augen verengten sich, als er ihre Umgebung musterte. Die Insel, obwohl scheinbar ruhig, hatte eine geheimnisvolle Aura, die keiner von ihnen ignorieren konnte.

Mit vorsichtigen Schritten wagten sie sich in das dichte Unterholz, das Blätterdach darüber filterte das Sonnenlicht in gesprenkelte Muster auf dem Waldboden. Die Luft war dick mit Feuchtigkeit, und der Duft von Salz vermischte sich mit dem erdigen Aroma verrottender Blätter. Vögel riefen einander von den Baumwipfeln zu, ihre Schreie hallten durch die Stille.

David hielt inne, um eine Reihe von Fußabdrücken im weichen Boden zu untersuchen, seine Stirn runzelte sich vor Konzentration. "Diese Spuren sind frisch," murmelte er und warf Emma einen Blick zu. "Wir sind nicht allein hier." Emmas Herz schlug schneller bei seinen Worten, eine Mischung aus Angst und Neugier trieb sie voran.

Als sie tiefer in das Herz der Insel vordrangen, wurde das Laub dichter, die Schatten länger. Der Pfad war tückisch, mit knorrigen Wurzeln und dornigen Ranken, die bei jedem Schritt drohten, sie zu Fall zu bringen. Emmas Gedanken rasten vor Fragen. Wer könnte noch auf dieser Insel sein? Und warum?

Plötzlich durchbrach ein Rascheln die Stille, und sowohl Emma als auch David erstarrten. Eine Gestalt tauchte aus den Schatten auf, ein Mann mit einem wettergegerbten Gesicht und stechend blauen Augen. Er hob eine Hand in einer Geste des Friedens, obwohl sein Ausdruck wachsam blieb.

"Wer bist du?" verlangte David, seine Stimme fest trotz der Anspannung in seiner Haltung. Der Mann zögerte, bevor er antwortete, sein Blick wanderte zwischen den beiden Fremden hin und her.

"Mein Name ist Jack," sagte er schließlich. "Ich bin seit Monaten hier gestrandet. Es ist ein Wunder, andere Menschen zu sehen." Seine Stimme trug einen Hauch von Verzweiflung, und Emma fühlte einen Stich des Mitgefühls.

"Wie bist du hierher gekommen?" fragte sie und machte einen vorsichtigen Schritt nach vorne. Jacks Augen verdunkelten sich, als er seine Geschichte erzählte, eine Geschichte von einem Schiffswrack und einem vergeblichen Kampf ums Überleben. Während er sprach, tauschten Emma und David Blicke aus und erkannten, dass ihre eigene Notlage unheimlich ähnlich war.

Jack führte sie zu einer kleinen Lichtung, wo er aus Palmwedeln und Treibholz eine provisorische Unterkunft gebaut hatte. Es war ein bescheidenes Refugium, aber es bot einen Anschein von Sicherheit inmitten der ungezähmten Wildnis der Insel. Als sie sich niederließen, teilten die drei ihre Geschichten, ihre Stimmen gedämpft gegen die herannahende Dunkelheit.

Die Insel, einst eine Quelle der Angst und Unsicherheit, begann ihre Geheimnisse zu offenbaren. Emma und David fanden Trost in Jacks Anwesenheit, ihre Bindung geschmiedet durch die gemeinsame Not. Doch unter der Oberfläche blieb ein anhaltendes Unbehagen, das Gefühl, dass die Insel mehr Gefahren barg, als sie bisher entdeckt hatten.

Als die ersten Sterne am Nachthimmel erschienen, blickte Emma in die Dunkelheit hinaus, ihr Geist erfüllt mit unbeantworteten Fragen. Die Insel hatte sie zusammengebracht, aber sie hatte sie auch auf einen Weg voller Gefahren geführt. Mit jedem vergehenden Moment wurden die Einsätze höher, und die wahre Natur ihrer tödlichen Begegnung begann sich abzuzeichnen.

Spaziergänge bei Sonnenuntergang

Als die Sonne begann, sich zu senken und einen warmen, goldenen Schimmer über die kleine Küstenstadt warf, fühlte sich Elena zum Strand hingezogen. Es war zu einer Art Ritual geworden, eine Möglichkeit, ihren Geist nach dem Chaos des Tages zu klären. Das sanfte Plätschern der Wellen am Ufer und die entfernten Rufe der Seevögel boten eine beruhigende Kulisse für ihre Gedanken.

Sie ging langsam, ihre Füße sanken bei jedem Schritt in den kühlen, feuchten Sand. Die Luft war mit dem salzigen Duft des Ozeans durchzogen, vermischt mit dem schwachen Aroma von blühendem Jasmin aus den nahegelegenen Gärten. Elena's Augen scannten den Horizont, wo der Himmel in eine Palette von Orangen, Rosa und Violett überging, ein atemberaubendes Schauspiel, das sie immer wieder fesselte.

Als sie am Wasser entlang schlenderte, bemerkte sie eine Gestalt in der Ferne. Es war ein Mann, der allein stand, seine Silhouette scharf gegen den lebhaften Hintergrund der untergehenden Sonne. Er schien in seiner eigenen Welt verloren zu sein, genau wie Elena, und sie verspürte einen Stich der Neugier. Wer war er? Was brachte ihn zu diesem abgelegenen Strandabschnitt zu dieser Stunde?

Als sie näher kam, konnte sie mehr Details erkennen. Er war groß, mit breiten Schultern, und seine Haltung strahlte eine stille Stärke aus. Sein dunkles Haar wurde vom Wind zerzaust, und er trug ein einfaches weißes Hemd und khakifarbene Hosen. Es war etwas Vertrautes an ihm, aber Elena konnte es nicht genau einordnen.

Ihre Wege kreuzten sich, und als sie sich einander näherten, wandte der Mann seinen Blick auf sie. Seine Augen waren ein auffälliger Blauton, intensiv und durchdringend, aber durch einen Hauch von Melancholie gemildert. Elena spürte einen Schauer über ihren Rücken laufen, eine Mischung aus Neugier und Unbehagen.

"Schöner Abend, nicht wahr?" sagte er, seine Stimme tief und resonant.

Elena nickte und schenkte ihm ein zaghaftes Lächeln. "Das ist er. Die Sonnenuntergänge hier sind immer atemberaubend."

Er streckte die Hand aus. "Ich bin übrigens Alex."

"Elena," antwortete sie und schüttelte seine Hand. Sein Griff war fest, seine Haut warm gegen ihre.

Sie gingen eine Weile schweigend zusammen, das rhythmische Geräusch ihrer Schritte vermischte sich mit dem Flüstern des Ozeans. Es gab ein unausgesprochenes Verständnis zwischen ihnen, eine gemeinsame Wertschätzung für die Ruhe des Moments.

Schließlich brach Alex das Schweigen. "Ich komme oft hierher. Es ist ein guter Ort zum Nachdenken, zum Entfliehen."

Elena warf ihm einen Blick zu und bemerkte die Schatten, die in seinen Augen zu verweilen schienen. "Wovor musst du fliehen?"

Er zögerte, als ob er seine Worte abwägen würde. "Vor dem Leben, denke ich. Die Komplikationen, die Enttäuschungen. Manchmal ist es alles zu viel."

Sie nickte, verstand nur zu gut. "Ich weiß, was du meinst. Dieser Ort hat eine Art, alles andere fern und fast unbedeutend erscheinen zu lassen."

Sie setzten ihren Spaziergang fort, das Gespräch floss nun freier. Alex sprach von seiner Liebe zum Meer, wie es ihn an einfachere Zeiten erinnerte. Elena teilte Ausschnitte aus ihrem eigenen Leben, ihre Kämpfe und ihre Träume. Es gab einen Trost in ihrem Austausch, ein Gefühl der Verbundenheit, das selten und kostbar war.

Als die Sonne unter den Horizont sank und lange Schatten über den Sand warf, fühlte Elena ein seltsames Gefühl der Vorahnung. Da war etwas an Alex, etwas, das sie nicht ganz greifen konnte. Er war charmant, sicherlich, aber es gab eine Aura des Geheimnisses um ihn, eine Dunkelheit, die knapp unter der Oberfläche lauerte.

Sie trennten sich, als die ersten Sterne am Dämmerungshimmel zu funkeln begannen. Elena sah ihm nach, wie er in der Ferne verschwand, ein anhaltendes Gefühl der Unruhe in ihrer Brust. Sie konnte das Gefühl nicht abschütteln, dass ihre Begegnung mehr als nur ein Zufall war.

Verborgene Strände

Unter den flüsternden Kronen der hoch aufragenden Palmen wurde das Geräusch der Wellen, die gegen die Küste schlugen, zu einer beruhigenden Symphonie. Die Küstenstadt Elmsworth, bekannt für ihre belebte Promenade und das pulsierende Nachtleben, barg Geheimnisse, die nur die Einheimischen kannten. Jenseits des Touristenrummels lag eine Reihe verborgener Strände, unberührt von der modernen Welt und in Geheimnisse gehüllt.

Mara fühlte sich schon immer zu diesen abgelegenen Orten hingezogen und fand Trost in ihrer unberührten Schönheit. Ihre Großmutter, eine Einheimische aus Elmsworth, hatte Geschichten über diese Strände erzählt—Orte, an denen die Zeit stillzustehen schien und man den rohen Puls der Natur spüren konnte. Heute war Mara entschlossen, einen neuen Sandstrand zu entdecken, von dem sie von einem alten Fischer am Hafen gehört hatte.

Der Weg zu diesem verborgenen Strand war auf keiner Karte verzeichnet. Er erforderte eine Wanderung durch dichtes Laubwerk und einen Abstieg an einer felsigen Klippe. Während Mara durch das grüne Labyrinth navigierte, wurde die Luft dick mit dem Duft von Salz und Wildblumen. Die Sonne filterte durch die Blätter und warf ein gesprenkeltes Licht auf den Waldboden. Jeder Schritt brachte sie näher an das rhythmische Wiegenlied des Ozeans.

Nach einer gefühlten Ewigkeit trat sie aus dem Wald auf eine kleine, unberührte Bucht hinaus. Der Strand erstreckte sich vor ihr, eine Sichel aus goldenem Sand, eingerahmt von zerklüfteten Felsen und türkisfarbenem Wasser. Die Wellen plätscherten sanft an das Ufer und hinterließen eine glitzernde Spur aus

Muscheln und Meerglas. Es war ein Paradies, unberührt von Menschenhand, ein Ort, an dem Mara sich in der Ruhe des Augenblicks verlieren konnte.

Während sie am Ufer entlang wanderte, bemerkte Mara etwas Merkwürdiges. Halb im Sand vergraben lag eine alte, verwitterte Truhe. Neugierig kniete sie sich hin und begann, um die Truhe herum zu graben. Die Truhe war schwer, ihr Holz durch die Elemente dunkel und abgenutzt. Mit einem Ruck schaffte sie es, den Deckel zu heben und den Inhalt zu enthüllen.

Drinnen fand sie eine Sammlung von Artefakten: einen angelaufenen Kompass, ein Bündel Briefe, das in Öltuch gewickelt war, und einen kunstvoll geschnitzten Dolch. Jeder Gegenstand schien seine eigene Geschichte zu erzählen und flüsterte Geheimnisse der Vergangenheit. Mara faltete vorsichtig einen der Briefe auseinander, das Papier spröde und vergilbt vor Alter. Die Handschrift war elegant, die Tinte verblasst, aber noch lesbar.

Der Brief sprach von einer verbotenen Liebe, einer Romanze, die im Schatten der Gesellschaft erblüht war. Er erzählte von geheimen Treffen an diesem Strand, von Versprechen, die unter dem Schutz der Nacht gemacht wurden. Die Worte malten ein lebendiges Bild von Leidenschaft und Herzschmerz, von einer

Liebe, die allen Widrigkeiten getrotzt hatte, aber letztendlich dem Druck der Welt erlag.

Maras Herz schmerzte für die Liebenden, ihre Geschichte resonierte tief in ihr. Sie fragte sich, wer sie waren, was aus ihnen geworden war und warum ihre Schätze zurückgelassen worden waren. Als sie im Sand saß und die Sonne unter den Horizont sank, fühlte sie eine Verbindung zur Vergangenheit, zu den verborgenen Geschichten, die unter der Oberfläche des Alltags lagen.

Der verborgene Strand, mit seiner unberührten Schönheit und vergrabenen Geheimnissen, hatte Mara mehr als nur einen Moment des Friedens geschenkt. Er hatte ein Fenster in eine andere Zeit geöffnet, einen Einblick in das Leben derer, die vor ihr gekommen waren. Als sie sich darauf vorbereitete zu gehen, legte sie die Artefakte sorgfältig zurück in die Truhe und vergrub sie erneut im Sand. Sie hoffte, dass eines Tages jemand anderes es finden und das gleiche Gefühl von Wunder und Verbundenheit erleben würde, das sie erfahren hatte.

Mit den letzten Sonnenstrahlen, die einen goldenen Schimmer über die Bucht warfen, warf Mara einen letzten Blick auf den verborgenen Strand, dessen Geheimnisse für einen weiteren Tag sicher waren.

Inselabenteuer

Die Sonne hing tief am Himmel und warf einen goldenen Schimmer über die ruhigen Gewässer, als das Boot sich der abgelegenen Insel näherte. Wellen plätscherten sanft gegen das Ufer und flüsterten Geheimnisse der Vergangenheit. Die Insel, in Geheimnisse gehüllt, schien fast unwirklich, ein krasser Gegensatz zu dem Chaos, das die letzten Tage geprägt hatte.

Mara trat auf den weichen, sandigen Strand, ihre Sinne geschärft. Die Luft war erfüllt vom Duft nach Salz und tropischen Blüten, eine berauschende Mischung, die für einen Moment die Anspannung in ihren Schultern löste. Sie atmete tief ein und genoss die kurze Atempause von dem Aufruhr, der sie seit der schicksalhaften Begegnung verfolgt hatte.

Die Insel war üppig und grün vor Leben. Hohe Palmen wiegten sich sanft im Wind, ihre Wedel raschelten wie Flüstern in der Stille. Ein schmaler Pfad, fast verborgen von dichtem Laubwerk, lockte sie vorwärts. Mara zögerte einen Moment, blickte zurück auf das Boot und ihre Begleiter, bevor sie vorsichtig in den Dschungel trat.

Der Pfad wand sich und führte tiefer in das Herz der Insel. Das Blätterdach darüber filterte das Sonnenlicht und warf gesprenkelte Schatten auf den Boden. Vögel riefen einander von den Baumwipfeln zu, ihre Lieder ein melodischer Hintergrund zu den raschelnden Blättern. Jeder Schritt, den Mara machte, war ein Schritt ins Unbekannte, jedes Geräusch eine Erinnerung an die ungezähmte Natur der Insel.

Als sie weiter vordrang, konnte sie das Gefühl, beobachtet zu werden, nicht abschütteln. Die Haare auf ihrem Nacken stellten sich auf und ihr Herz pochte in ihrer Brust. Sie scannte die Umgebung, ihre Augen huschten von Schatten zu Schatten, aber sie sah nichts Ungewöhnliches. Dennoch blieb das Gefühl, eine beunruhigende Präsenz, die an ihren Nerven nagte.

Der Pfad öffnete sich schließlich zu einer kleinen Lichtung, wo die Überreste einer alten Struktur standen. Ranken und Moos hatten die zerfallenen Steine erobert, die Natur holte sich langsam zurück, was einst von Menschenhand geschaffen wurde. Mara näherte sich vorsichtig, ihre Neugier war geweckt. Sie fuhr mit ihren Fingern über den verwitterten Stein und spürte die raue Textur unter ihrer Haut. Es war etwas Vertrautes an diesem Ort, ein Gefühl von Déjà-vu, das an den Rändern ihrer Erinnerung zerrte.

Ein plötzliches Rascheln im Unterholz riss sie aus ihrer Träumerei. Mara drehte sich um, ihre Augen verengten sich, als sie versuchte, die Quelle der Störung auszumachen. Eine Gestalt tauchte aus den Schatten auf, bewegte sich mit einer Anmut, die fast raubtierhaft war. Mara stockte der Atem, als das Erkennen dämmerte.

"Lucas," flüsterte sie, eine Mischung aus Erleichterung und Beklommenheit in ihrer Stimme. Er trat ins Licht, sein Ausdruck war undurchschaubar. Die Spannung zwischen ihnen war greifbar, ein stilles Eingeständnis der unausgesprochenen Worte und ungelösten Probleme, die in der Luft hingen.

"Ich dachte nicht, dass du kommen würdest," sagte er, seine Stimme war leise und fest. Maras Blick verhärtete sich, der kurze Moment der Verwundbarkeit wurde durch einen stählernen Entschluss ersetzt.

"Wir brauchen Antworten," erwiderte sie, ihr Ton fest. "Und diese Insel hält den Schlüssel."

Lucas nickte, seine Augen ließen ihre nicht los. Gemeinsam wandten sie sich wieder den Ruinen zu, das Gewicht ihrer gemeinsamen Vergangenheit lastete auf ihnen. Die Insel, mit ihren Geheimnissen und verborgenen Gefahren, war ein Ort sowohl des Zufluchtsorts als auch der Gefahr. Als sie tiefer in seine Geheimnisse eintauchten, wussten sie, dass der Weg vor ihnen voller Herausforderungen sein würde, aber keiner von beiden war bereit, umzukehren.

Die Reise hatte gerade erst begonnen.

Eine Nacht zum Erinnern

Der Mond hing tief am Himmel und warf einen silbernen Schein über die stille Stadt Riverton. Schatten tanzten auf den Kopfsteinpflasterstraßen, und die Luft war von einer beunruhigenden Stille erfüllt. Irgendwo in der Ferne schlug eine Uhr Mitternacht, ihre Glockenschläge hallten wie eine feierliche Warnung durch die leeren Gassen.

Im alten Herrenhaus in der Elm Street warf eine flackernde Kerze ein warmes Licht durch den Raum. Amelia saß am Rand ihres Bettes, ihr Herz pochte in ihrer Brust. Sie hielt einen Brief in ihren zitternden Händen, ihre Augen überflogen die kryptischen Worte noch einmal. "Triff mich im verlassenen Lagerhaus bei den Docks. Mitternacht. Komm allein."

Sie hatte darüber nachgedacht, ob sie gehen sollte, die Risiken und die potenzielle Gefahr abwägend. Aber Neugier und ein Pflichtgefühl hatten gesiegt. Sie wusste zu viel, um die geheimnisvolle Notiz zu ignorieren, aber zu wenig, um das volle Ausmaß dessen zu verstehen, worauf sie sich einließ. Mit einem tiefen Atemzug erhob sie sich, legte sich einen Schal über die Schultern und schlich in die Nacht hinaus.

Die Straßen waren unheimlich still, das übliche Treiben des Tages war einer fast bedrückenden Stille gewichen. Amelias

Schritte hallten wider, als sie sich auf den Weg zu den Docks machte, ihre Sinne waren bei jedem Knarren und Rascheln geschärft. Das Lagerhaus erhob sich vor ihr, seine dunkle Silhouette hob sich scharf gegen den mondbeschienenen Himmel ab. Sie zögerte einen Moment, bevor sie eintrat, ihre Augen passten sich an das schwache Licht an.

Der weite, leere Raum schien sie ganz zu verschlingen. Staubpartikel schwebten in der Luft, beleuchtet von gelegentlichen Mondstrahlen, die durch die rissigen Fenster drangen. Sie rief leise, ihre Stimme kaum mehr als ein Flüstern. "Ist jemand hier?"

Eine Gestalt tauchte aus den Schatten auf, wodurch Amelia einen Schritt zurücktrat. Es war ein Mann, dessen Gesichtszüge im Dunkeln verborgen waren. Er kam näher, und sie konnte das Glitzern von etwas Metallischem in seiner Hand sehen. Ihr Puls beschleunigte sich, aber sie blieb standhaft.

"Wer bist du?" verlangte sie, bemüht, ihre Stimme ruhig zu halten.

Der Mann lachte, ein tiefes, bedrohliches Geräusch, das ihr einen Schauer über den Rücken jagte. "Du stellst die falschen Fragen, Amelia. Die eigentliche Frage ist, warum bist du hier?"

Bevor sie antworten konnte, stürzte sich der Mann auf sie, und das metallische Objekt in seiner Hand blitzte auf. Der Instinkt übernahm, und sie wich zur Seite aus, knapp der Klinge entgehend. Sie stolperte, ihr Rücken prallte gegen eine Holzkiste. Der Mann rückte vor, seine Augen kalt und berechnend.

Amelias Gedanken rasten. Sie musste einen Weg finden, um aus diesem Albtraum zu entkommen. Sie durchsuchte den Raum, ihr Blick fiel auf ein rostiges Rohr, das auf dem Boden lag. Ohne zu zögern griff sie danach und schwang es mit aller Kraft. Der Mann grunzte, als das Rohr seinen Arm traf, und er taumelte zurück.

Amelia nutzte seine momentane Ablenkung und rannte zur Tür. Sie konnte seine Schritte hinter sich hören, aber sie wagte es nicht, zurückzuschauen. Ihr Atem ging in keuchenden Zügen, als sie ins Freie stürmte, ihre Beine trugen sie so schnell sie konnten.

Sie hielt erst an, als sie die Sicherheit ihres Zuhauses erreichte, die Tür hinter sich zuschlug und erschöpft dagegen sank. Ihr Körper zitterte vor Erschöpfung und Angst, aber sie war am Leben. Sie hatte die Nacht überlebt, aber die Fragen verfolgten sie immer noch. Wer war dieser Mann? Warum hatte er sie angegriffen? Und am wichtigsten, was war das Geheimnis, das sie so kurz davor war, zu enthüllen?

Als sie dort saß und das erste Licht der Morgendämmerung durch die Fenster kroch, wusste Amelia eines mit Sicherheit. Das war erst der Anfang.

Kapitel 4: Vertiefende Bindungen

Herzliche Gespräche

Die Sonne hatte kaum begonnen, unterzugehen, als Clara sich dabei ertappte, wie sie die Länge ihres kleinen, überfüllten Wohnzimmers auf und ab ging. Ihre Finger strichen über den abgenutzten Stoff des Sessels, und sie warf einen Blick auf die Uhr auf dem Kaminsims, deren Zeiger scheinbar in der Zeit eingefroren waren. Sie wartete auf Ethan, ihren Freund aus Kindertagen und Vertrauten. Sie hatten seit Monaten nicht gesprochen, eine Stille, die schwer auf ihrem Herzen lastete. Heute Abend, so hoffte sie, würde es anders sein.

Claras Gedanken rasten mit den Erinnerungen an ihre letzte Begegnung. Es war bei der alten Eiche gewesen, dem Ort, an dem sie unzählige Geheimnisse und Träume geteilt hatten. Aber an diesem Tag hatte sich etwas verändert. Ethan wirkte distanziert, fast gequält. Er hatte etwas von einem Schatten erwähnt, der ihm folgte, einer Präsenz, die er nicht abschütteln konnte. Damals hatte sie darüber gelacht, aber jetzt war sie sich nicht mehr so sicher.

Ein leises Klopfen an der Tür riss Clara aus ihren Gedanken. Sie öffnete sie und fand Ethan dort stehen, seine Augen voller

Erleichterung und Besorgnis. Er trat ein, und für einen Moment standen sie schweigend da, die unausgesprochenen Worte hingen wie ein zerbrechlicher Faden zwischen ihnen.

„Clara", begann Ethan, seine Stimme kaum mehr als ein Flüstern. „Ich muss dir etwas sagen."

Clara nickte und führte ihn zum Sofa. Sie setzten sich, das vertraute Knarren der alten Federn verankerte sie in der Gegenwart. Sie streckte die Hand aus, legte sie auf seine und spürte die Anspannung in seinem Griff.

„Ich habe Dinge gesehen", fuhr Ethan fort, sein Blick auf einen Punkt auf dem Boden gerichtet. „Dinge, die ich nicht erklären kann. Es begann nach jener Nacht an der Eiche. Zuerst dachte ich, es sei nur meine Fantasie, aber es wird schlimmer."

Claras Herz schmerzte bei der Verletzlichkeit in seiner Stimme. Sie hatte Ethan immer als stark gekannt, unbeugsam angesichts von Widrigkeiten. Ihn so zu sehen, vor ihren Augen zu zerfallen, war fast zu viel zu ertragen.

„Erzähl mir alles", drängte sie, ihre Stimme fest trotz des Aufruhrs in ihr.

Ethan holte tief Luft, seine Brust hob und senkte sich, als würde er sich darauf vorbereiten, in die Tiefen seiner eigenen Angst zu tauchen. Er sprach von Schatten, die sich von selbst bewegten, von Flüstern, das aus dem Nichts zu kommen schien, und von einem Gefühl, beobachtet zu werden, selbst in der Sicherheit seines eigenen Zuhauses. Während er sprach, spürte Clara, wie ihr ein Schauer über den Rücken lief. Sie hatte immer an das Greifbare, das Erklärbare geglaubt. Aber Ethans Worte weckten etwas Tiefes in ihr, eine urtümliche Angst, die sie nicht ganz abschütteln konnte.

„Hast du es jemand anderem erzählt?" fragte sie, ihre Stimme kaum mehr als ein Flüstern.

Ethan schüttelte den Kopf. „Niemand würde mir glauben. Aber ich wusste, dass ich es dir erzählen konnte. Du hast mich immer verstanden, Clara."

Sie drückte seine Hand und bot ihm den kleinen Trost, den sie konnte. „Wir werden das zusammen herausfinden, Ethan. Du bist nicht allein damit."

Für einen Moment schien das Gewicht seines Geständnisses zu schwinden, und ein kleines, dankbares Lächeln spielte um seine Mundwinkel. Sie saßen schweigend da, der Raum erfüllt von dem unausgesprochenen Versprechen von Unterstützung und Verständnis. Clara wusste, dass sie, egal was vor ihnen lag, es gemeinsam bewältigen würden. Die Schatten könnten sich nähern, aber ihre Bindung war ein Licht, das niemals erlöschen konnte.

Leidenschaften entdecken

Amelia hatte sich immer als eine praktische Frau betrachtet. Das Leben in der kleinen Stadt Ridgewood hatte ihr den Wert von harter Arbeit und Widerstandsfähigkeit beigebracht. Sie hatte einen festen Job in der örtlichen Bibliothek, einen Kreis enger Freunde und eine Routine, die selten vom Normalen abwich. Aber an dem Tag, als sie Jonathan auf der jährlichen Buchmesse der Stadt traf, veränderte sich etwas in ihr, wie ein ruhender Samen, der zu keimen begann.

Jonathan war ganz anders als die Männer, die sie gekannt hatte. Er war ein Schriftsteller, ein Mann, der in einer Welt aus Worten und Ideen lebte und ständig der nächsten Geschichte nachjagte. Seine Anwesenheit war magnetisch, seine Stimme beruhigend, aber mit einer unterschwelligen Spannung geladen. Wenn er über seine Reisen und die Charaktere sprach, die er erschaffen hatte, funkelten seine Augen mit einer Leidenschaft, die sowohl ansteckend als auch berauschend war. Amelia fühlte sich zu ihm hingezogen, nicht nur wegen seines Charmes, sondern weil er etwas tief in ihr erweckte—etwas, das sie lange unter Schichten von Praktikabilität und Routine begraben hatte.

Ihre Gespräche waren elektrisierend, gefüllt mit Debatten über Literatur, Philosophie und die menschliche Existenz. Jonathan forderte sie heraus, über die Grenzen ihrer Kleinstadt-Existenz hinauszudenken, die Tiefen ihres eigenen Geistes und Herzens zu erkunden. Er stellte ihr Bücher vor, die sie nie in Betracht gezogen hatte, jedes ein Tor zu einer neuen Welt. Zum ersten Mal seit Jahren fühlte Amelia, wie sich ihr Geist erweiterte und ihre Fantasie Flügel bekam.

Es dauerte nicht lange, bis Jonathan sie einlud, ihn auf eine seiner Forschungsreisen zu begleiten. Sie reisten in eine nahegelegene Stadt, erkundeten ihre versteckten Ecken und vergessenen Gassen, auf der Suche nach Inspiration. Amelia fühlte einen Nervenkitzel, von dem sie nicht wusste, dass sie ihn empfinden konnte. Die Stadt war ein Labyrinth der Möglichkeiten, jede Wendung enthüllte eine neue Geschichte, einen neuen Charakter, der darauf wartete, entdeckt zu werden. Sie fand sich dabei, Notizen zu machen, Szenen zu skizzieren und sogar ihre eigenen Kurzgeschichten zu entwerfen. Jonathans Ermutigung war unerschütterlich; er glaubte mehr an ihr Talent als sie selbst.

Zurück in Ridgewood begann sich Amelias Leben auf subtile, aber tiefgreifende Weise zu verändern. Ihre Freunde bemerkten ein neues Leuchten in ihren Augen, einen federnden Schritt. Sie begann, an lokalen Schreibwerkstätten teilzunehmen, ihre Arbeit zu teilen und Feedback zu erhalten. Sie verbrachte Stunden in der Bibliothek, nicht nur mit Arbeiten, sondern auch mit Büchern über Schreiben, Plotten und Charakterentwicklung. Die Bibliothek, einst ein Ort der Routine, war zu einem Heiligtum der Kreativität geworden.

Jonathans Einfluss war unbestreitbar, aber es war Amelias eigene aufkeimende Leidenschaft, die sie wirklich verwandelte. Sie erkannte, dass sie schon immer Geschichten geliebt hatte, sich aber nie die Erlaubnis gegeben hatte, sie zu erschaffen. Die Angst vor dem Scheitern, der Komfort der Routine, hatte ihre Träume in Schach gehalten. Jetzt, mit Jonathans Unterstützung und ihrem eigenen wachsenden Selbstvertrauen, begannen diese Ängste zu schwinden. Sie war nicht mehr nur eine Bibliothekarin in einer kleinen Stadt; sie war eine Schriftstellerin, eine Geschichtenerzählerin, eine Träumerin.

Mit den Monaten vertiefte sich ihre Bindung. Jonathan wurde sowohl Mentor als auch Muse und drängte Amelia dazu, das volle Ausmaß ihres Potenzials zu erkunden. Sie verbrachten unzählige Nächte damit, ihre Projekte zu besprechen, Ideen auszutauschen und sich gegenseitig zu inspirieren. Amelias Schreiben blühte auf, und damit auch ihr Verständnis von sich selbst. Sie entdeckte, dass Leidenschaft nicht nur darin besteht, etwas zu finden, das man liebt, sondern auch darin, sich verletzlich zu machen, Risiken einzugehen und das Unbekannte zu umarmen.

Am Ende war es nicht nur Jonathan, der ihr Leben verändert hatte, sondern auch die Leidenschaften, die er ihr geholfen hatte, in sich selbst zu entdecken. Sie hatte einen neuen Weg gefunden, einen, der voller Kreativität, Aufregung und endloser Möglichkeiten war. Und während sie diesen Weg beschritt, wusste sie, dass sie nicht mehr allein war; sie hatte ihre Geschichten, ihre Träume und ein neu gefundenes Gefühl von Zielstrebigkeit, das sie bei jedem Schritt begleitete.

Sich den Ängsten stellen

Als die Sonne unter den Horizont sank und lange Schatten über den dichten Wald warf, pochte Sarahs Herz in ihrer Brust. Das schwindende Licht verwandelte die Bäume in bedrohliche Silhouetten, jede ein potenzielles Versteck für die unsichtbaren Gefahren, die darin lauerten. Sie konnte die kühle Abendbrise auf ihrer Haut spüren, aber sie tat wenig, um den Sturm in ihr zu beruhigen.

Sarah war immer vorsichtig gewesen, der Typ, der jeden Schritt akribisch plante und jede mögliche Konsequenz bedachte. Aber heute Nacht befand sie sich in unbekanntem Terrain, sowohl körperlich als auch emotional. Der Wald hatte eine Art, ihr

Streiche zu spielen, ihre tiefsten Ängste und Unsicherheiten zu verstärken. Jedes Rascheln der Blätter, jeder knackende Zweig schien ihren Namen zu flüstern und sie mit dem Unbekannten zu verhöhnen.

Sie blieb einen Moment stehen, um Luft zu holen, und lehnte sich gegen die raue Rinde einer uralten Eiche. Ihre Augen durchsuchten die Dunkelheit, versuchten, den dichten Schleier der Nacht zu durchdringen. Sie wusste, dass sie weitergehen musste, aber ihre Beine fühlten sich wie Blei an, beschwert von der Schwere ihrer Situation. Der Weg vor ihr war ungewiss, aber umkehren war keine Option. Sie war zu weit gekommen, und die Einsätze waren zu hoch.

Sarahs Gedanken drifteten zurück zu den Ereignissen, die sie hierher geführt hatten. Die kryptische Nachricht, die sie erhalten hatte, die hektische Suche nach Hinweisen und die erschreckende Erkenntnis, dass sie beobachtet wurde. Es hatte alles harmlos genug begonnen, eine Neugier, die durch einen geheimnisvollen Brief geweckt wurde. Aber jetzt, allein im Wald stehend, verstand sie, dass dies kein gewöhnliches Rätsel war. Dies war ein Test ihrer Entschlossenheit, eine Herausforderung für ihren Geist.

Sie holte tief Luft und versuchte, ihre Nerven zu beruhigen. Die Luft war dick mit dem Duft von Kiefern und Erde, was sie im gegenwärtigen Moment verankerte. Sie erinnerte sich an die Stärke, die sie in sich trug, die Widerstandskraft, die sie durch unzählige Prüfungen zuvor gebracht hatte. Dies war nur ein weiteres Hindernis, eine weitere Angst, der sie sich stellen und die sie überwinden musste.

Als sie weiterging, wurden Sarahs Sinne geschärft. Sie konnte das ferne Rufen einer Eule hören, das Rascheln kleiner Kreaturen im Unterholz und den gleichmäßigen Rhythmus ihres eigenen Herzschlags. Jeder Schritt fühlte sich bewusst an, eine Entscheidung, sich ihren Ängsten direkt zu stellen, anstatt ihnen zu erliegen. Der Wald, einst ein Ort des Schreckens, begann sich in ihrem Geist zu verwandeln. Er wurde zu einem Symbol ihrer Reise, ein Zeugnis ihres Mutes.

Der Weg wurde steiler, das Gelände anspruchsvoller, aber Sarahs Entschlossenheit ließ nie nach. Sie konnte ein schwaches Licht durch die Bäume schimmern sehen, ein Leuchtfeuer, das sie durch die Dunkelheit führte. Mit jedem Schritt fühlte sie ein wachsendes Gefühl der Ermächtigung, die Erkenntnis, dass Angst kein Feind war, den man besiegen musste, sondern ein Begleiter, den man verstehen sollte.

Als sie aus dem Wald trat, badete das Mondlicht sie in einem weichen, ätherischen Glanz. Sie blickte zurück auf den Weg, den sie genommen hatte, die Schatten, die einst so bedrohlich wirkten, nun in der Nacht verblassend. Sarah wusste, dass dies erst der Anfang war, dass noch mehr Herausforderungen vor ihr lagen. Aber für den Moment gönnte sie sich einen Augenblick des Triumphes, eine stille Anerkennung der Stärke, die sie in sich selbst entdeckt hatte.

Unausgesprochene Gefühle

Der Raum war in eine schwere Stille gehüllt, die Art, die die Luft füllt, wenn Worte ungesagt bleiben. Amelia saß am Fenster, ihre Finger zeichneten unsichtbare Muster auf das Glas, in Gedanken verloren. Der Regen draußen spiegelte ihre innere Unruhe wider, jeder Tropfen ein winziges Echo der Emotionen, die sie vor der Welt verborgen hielt. Sie war immer gut darin gewesen, ihre Gefühle zu verbergen, ihre Verletzlichkeit mit einer Fassade der Stärke zu maskieren. Doch es war etwas an diesem Moment, dieser Nacht, das ihre Brust mit unausgesprochener Sehnsucht enger werden ließ.

Auf der anderen Seite des Raumes war Daniel in ein Buch vertieft, oder tat zumindest so. Seine Augen wanderten alle paar Minuten zu Amelia, sein Herz schmerzte unter der Last all dessen, was er nicht sagen konnte. Sie kannten sich seit Jahren, ihre Leben waren durch Schicksal und Umstände miteinander verflochten, doch es gab einen Abgrund unausgesprochener Gefühle zwischen ihnen. Es war, als wären sie zwei Schauspieler in einem Stück, jeder sich der Zeilen des anderen bewusst, aber zu ängstlich, um aus der Rolle zu fallen.

Die Spannung war greifbar, ein stiller Tanz von Blicken und Gesten. Amelia wandte sich vom Fenster ab und fing Daniels Blick auf. Für einen kurzen Moment hörte die Welt draußen auf zu existieren, und es waren nur die beiden, in einer zerbrechlichen Blase des gemeinsamen Verständnisses schwebend. Sie wollte sprechen, die Stille mit Worten brechen, die die Kluft zwischen ihnen überbrücken würden, aber die Angst hielt sie zurück. Was, wenn sie die Signale falsch deutete? Was, wenn ihr Geständnis das empfindliche Gleichgewicht, das sie so lange aufrechterhalten hatten, zerstörte?

Daniel schloss sein Buch und erhob sich von seinem Stuhl, das Geräusch seiner Schritte ein leises Klopfen auf dem Holzboden. Er ging zu Amelia hinüber, sein Herz pochte in seiner Brust. Sie sah zu ihm auf, ihre Augen suchten in seinem Gesicht nach einem Hinweis darauf, was er fühlen könnte. Er zögerte einen Moment, dann streckte er die Hand aus und nahm sanft ihre in seine. Die Berührung war elektrisch und schickte ihr einen Schauer über den Rücken.

"Amelia," begann er, seine Stimme kaum mehr als ein Flüstern. "Ich wollte dir schon lange etwas sagen."

Ihr Atem stockte, und sie fühlte eine Welle der Hoffnung und Angst gleichermaßen. Sie drückte seine Hand, um ihn zum Weitermachen zu ermutigen.

"Ich weiß nicht, wie ich das sagen soll," gab er zu, seine Augen fest auf ihre gerichtet. "Aber ich kann nicht länger so tun, als ob. Ich kümmere mich um dich, mehr als ich mich jemals um jemanden gekümmert habe. Und es zerreißt mich, es weiter in mir zu behalten."

Eine Träne entwich aus dem Augenwinkel, und sie wischte sie schnell weg. "Daniel, ich..." begann sie, ihre Stimme zitternd. "Ich fühle genauso. Ich hatte solche Angst, es dir zu sagen, aus Angst, was es für uns bedeuten könnte."

Er zog sie in eine sanfte Umarmung, seine Arme umschlangen sie, als wollten sie sie vor der Welt schützen. "Wir müssen keine Angst mehr haben," murmelte er in ihr Haar. "Wir haben einander, und das ist alles, was zählt."

In diesem Moment fanden die unausgesprochenen Gefühle, die so lange zwischen ihnen geschwebt hatten, endlich ihre Stimme. Draußen regnete es weiter, aber drinnen war der Sturm vorüber. Sie standen zusammen, hielten sich fest, wissend, dass sie, egal was als Nächstes kam, es gemeinsam durchstehen würden.

Stille Versprechen

Der Mond hing tief am Himmel und warf einen silbernen Schein über die ruhigen Wasser des Sees. Die Nacht war unheimlich still, abgesehen vom sanften Rascheln der Blätter im kühlen Abendwind. Es war eine Stille, die fast unnatürlich schien, als ob die Welt selbst den Atem anhielt in Erwartung dessen, was kommen würde.

Sarah stand am Rand des Stegs, ihr Spiegelbild kräuselte sich im Wasser darunter. Sie umklammerte das Medaillon um ihren Hals, ein Geschenk ihrer verstorbenen Mutter, als wäre es ein Rettungsanker. Die Ereignisse der letzten Wochen hatten sie entwurzelt, sie trieb in einem Meer aus Unsicherheit und Angst. Ihre Gedanken waren ein Wirbelsturm aus Fragen und Zweifeln, jede beunruhigender als die letzte.

Sie war zum See gekommen, um Trost zu suchen, eine kurze Atempause vom Chaos, das ihr Leben verschlungen hatte. Es war hier, an diesem ruhigen, abgelegenen Ort, dass sie hoffte, ein wenig Frieden zu finden. Aber als sie über das Wasser blickte, konnte sie das Gefühl nicht abschütteln, dass sie beobachtet wurde. Die Haare auf ihrem Nacken stellten sich auf und ein Schauer lief ihr über den Rücken.

"Sarah," flüsterte eine Stimme, kaum hörbar über dem Geräusch des Windes. Sie drehte sich scharf um, ihr Herz hämmerte in ihrer Brust, aber da war niemand. Sie durchsuchte die Bäume, die den See säumten, nach einem Anzeichen von Bewegung, aber die Schatten blieben still. Sie holte tief Luft und versuchte, ihre rasenden Gedanken zu beruhigen. Es war wahrscheinlich nur ihre Einbildung, ein Streich des Geistes, hervorgerufen durch Erschöpfung und Stress.

Aber dann hörte sie es wieder, diesmal lauter. "Sarah." Die Stimme war vertraut, schmerzlich vertraut. Es war eine Stimme, die sie seit Jahren nicht gehört hatte, eine Stimme, von der sie dachte, sie würde sie nie wieder hören. Ihr Atem stockte, als sie erkannte, wem sie gehörte.

"David?" rief sie, ihre Stimme zitterte. Es gab keine Antwort, aber sie spürte eine Präsenz hinter sich, eine Wärme, die sie lange nicht gefühlt hatte. Sie drehte sich langsam um, halb erwartend, ihn dort stehen zu sehen, aber da war nichts. Nur der leere Steg und der stille See.

"David," flüsterte sie erneut, Tränen stiegen ihr in die Augen. Sie hatte ihn einst geliebt, mehr als sie jemals jemanden geliebt hatte. Aber er war ihr genommen worden, durch einen grausamen Schicksalsschlag entrissen. Sie hatte nie die Chance bekommen, sich zu verabschieden, ihm zu sagen, wie viel er ihr bedeutete.

"Du musst loslassen," sagte die Stimme, sanft und leise. "Du kannst nicht ewig an der Vergangenheit festhalten. Es ist Zeit, nach vorne zu schauen."

Sie schloss die Augen, die Tränen liefen ihr über die Wangen. Sie wusste, dass er recht hatte. Sie hatte sich an die Erinnerung an ihn geklammert, unfähig loszulassen, unfähig weiterzumachen. Aber jetzt, als sie seine Stimme hörte, fühlte sie ein Gefühl des Abschlusses, ein Gefühl des Friedens, das ihr so lange entgangen war.

"Ich liebe dich," flüsterte sie, ihre Stimme brach. "Ich werde es immer tun."

"Und ich liebe dich," antwortete die Stimme. "Aber es ist Zeit, Abschied zu nehmen."

Sie nickte, ihr Herz schmerzte vor Endgültigkeit. Sie nahm das Medaillon ab und hielt es einen Moment lang in ihrer Hand, spürte sein Gewicht, seine Bedeutung. Dann, mit einem tiefen Atemzug, warf sie es in den See. Es sank langsam, verschwand in den Tiefen und nahm die letzten Überreste ihres Kummers mit sich.

Als sie sich zum Gehen wandte, fühlte sie ein Gefühl der Leichtigkeit, ein Gefühl der Freiheit. Die stillen Versprechen, die sie sich selbst und David gegeben hatte, waren erfüllt worden. Und zum ersten Mal seit langer Zeit fühlte sie sich bereit, dem, was die Zukunft bringen würde, entgegenzutreten.

Kapitel 5: Die dunkle Wolke

Beunruhigende Entdeckungen

Detective Laura Bennett hatte sich nie vor den grausamen Realitäten ihres Jobs gescheut, aber nichts hatte sie auf die Szene vorbereitet, die sie am Stadtrand erwartete. Der Anruf war kurz nach Sonnenaufgang eingegangen, eine panische Stimme am anderen Ende der Leitung stammelte etwas Schreckliches in der Nähe der alten verlassenen Fabrik. Laura hatte ihren Mantel und ihre Marke geschnappt, ihre Instinkte bereits von einem Gefühl der Vorahnung durchdrungen.

Die Fabrik erhob sich groß und verlassen, ihre zerbrochenen Fenster wie die leeren Augen eines längst vergessenen Gespenstes. Gelbes Polizeiband flatterte im Morgenwind, und uniformierte Beamte liefen umher, ihre Gesichter ernst. Laura näherte sich der Szene mit gemessenen Schritten, ihr Herz schlug einen stetigen Rhythmus der Angst.

"Detective Bennett," begrüßte Officer Ramirez, seine sonst übliche lockere Art war einem harten Ausdruck gewichen. "Es ist schlimm. Wirklich schlimm."

Laura nickte und rüstete sich für das, was vor ihr lag. Sie duckte sich unter das Absperrband und folgte Ramirez zum Epizentrum des Chaos. Was sie sah, ließ sie erstarren. Dort, ausgestreckt auf dem kalten, harten Boden, lag ein Körper, der bis zur Unkenntlichkeit verstümmelt war. Blut sammelte sich um das Opfer, ein makabres Zeugnis der Gewalt, die sich ereignet hatte.

Sie hockte sich hin und untersuchte die Szene mit geübtem Blick. Das Opfer war männlich, Mitte dreißig, und nach dem Zustand seiner Kleidung zu urteilen, war er wohlhabend gewesen. Eine goldene Uhr, jetzt mit Blut verschmiert, hing immer noch an seinem Handgelenk. Lauras Blick wanderte zu dem Gesicht des Mannes—oder dem, was davon übrig war. Tiefe Schnitte durchzogen seine Züge, und seine Augen starrten leer in den Himmel, für immer in einem Ausdruck des Schreckens gefangen.

"Wer hat ihn gefunden?" fragte Laura, ihre Stimme fest trotz des Knotens in ihrem Magen.

"Ein Jogger," antwortete Ramirez. "Der arme Kerl steht unter Schock. Er ist dort drüben bei den Sanitätern."

Laura blickte zu einem Mann hinüber, der auf der Rückseite eines Krankenwagens saß und dessen Hände zitterten, während er eine Wärmefolie um seine Schultern klammerte. Sie machte sich eine mentale Notiz, später mit ihm zu sprechen. Im Moment konzentrierte sie sich auf das Opfer und die Hinweise, die es umgaben.

Ihre Augen scannten die Umgebung und nahmen jedes Detail auf—die gebrochenen Äste, die aufgewühlte Erde, die schwache Blutspur, die vom Körper wegführte. Es war klar, dass das Opfer hierher geschleppt worden war, aber von wo? Und noch wichtiger, warum?

"Irgendein Ausweis bei ihm?" fragte sie.

Ramirez schüttelte den Kopf. "Nichts. Kein Portemonnaie, kein Telefon. Nur die Uhr und seine Kleidung."

Laura runzelte die Stirn. Es war ungewöhnlich, dass ein Mörder einen so teuren Gegenstand zurückließ. Entweder hatten sie es eilig, oder dies sollte eine Botschaft senden. Sie stand auf, ihr Geist ratterte vor Möglichkeiten. Das war nicht nur ein zufälliger Gewaltakt; es war etwas weitaus Unheimlicheres.

Als sie die Szene ein letztes Mal überblickte, lief ihr ein Schauer über den Rücken. Sie hatte das beklemmende Gefühl, dass dies erst der Anfang war und dass noch mehr Schrecken auf sie warteten. Die ruhige Stadt, die sie kennen und lieben gelernt hatte, stand kurz davor, in einen Albtraum gestürzt zu werden, und es war ihre Aufgabe, die Wahrheit ans Licht zu bringen.

Mit einem tiefen Atemzug wandte sich Laura an Ramirez. "Lass uns die Forensik hierher holen. Ich will, dass jeder Zentimeter dieses Ortes nach Beweisen durchsucht wird."

Ramirez nickte und machte sich daran, den Anruf zu tätigen. Laura starrte auf die Fabrik, deren drohende Präsenz ein dunkles Omen für die bevorstehenden Herausforderungen war. Sie wusste nicht, was sie finden würde, aber sie war entschlossen, dem Opfer Gerechtigkeit widerfahren zu lassen und das Mysterium zu lösen, das sich gerade zu entfalten begann.

Verdächtige Verhaltensweisen

Evelyn hatte immer stolz auf ihre scharfen Beobachtungsgabe gewesen. Als erfahrene Detektivin hatte sie gelernt, ihren Instinkten zu vertrauen, die oft subtile Hinweise aufnahmen, die andere übersehen könnten. An jenem besonderen Abend, als die Sonne unter den Horizont sank und lange Schatten über die ruhige Vorstadtstraße warf, waren diese Instinkte besonders wachsam.

Das Viertel schien auf den ersten Blick gewöhnlich: ordentlich geschnittene Rasenflächen, Kinder, die in Einfahrten spielten, und gelegentliches Hundegebell, das in der Ferne widerhallte. Doch Evelyn konnte das Gefühl nicht abschütteln, dass etwas nicht stimmte. Sie war schon früher in diesen Teil der Stadt gerufen worden, aber heute Abend lag eine undefinierbare Spannung in der Luft.

Als sie die Maplewood Avenue entlangging, scannten ihre Augen die Umgebung und nahmen jedes Detail auf. Das Haus der Johnsons fiel sofort auf. Die Vorhänge waren fest zugezogen, und die normalerweise gut beleuchtete Veranda lag im Dunkeln. Evelyn erinnerte sich an Mrs. Johnsons Vorliebe, ihr Zuhause einladend und hell zu halten. Heute Abend war es alles andere als das.

Evelyns Blick wanderte zur Einfahrt. Mr. Johnsons Auto fehlte, was für diese Tageszeit ungewöhnlich war. Ihr Kopf ratterte durch die möglichen Erklärungen, aber keine schien zu passen. Sie machte sich eine mentale Notiz, später bei den Johnsons vorbeizuschauen.

Während sie ihre Patrouille fortsetzte, bemerkte Evelyn eine Gestalt, die in der Nähe des Eckladens verweilte. Der Mann trug einen Kapuzenpullover, sein Gesicht war verdeckt. Er schien auf jemanden oder etwas zu warten, aber seine unruhigen Bewegungen deuteten auf mehr als nur Ungeduld hin. Seine Augen huschten umher und verweilten nie lange an einem Ort. Evelyns Bauchgefühl sagte ihr, dass sie ihn im Auge behalten sollte.

Sie näherte sich dem Laden und tat so, als wäre sie an der Zeitschriftenauslage im Schaufenster interessiert. Aus dem Augenwinkel beobachtete sie den Mann genau. Er warf ihr einen kurzen Blick zu und schaute dann schnell weg, sein Körper spannte sich an. Evelyn erhaschte einen Blick auf ein Tattoo an seinem Handgelenk, als er seinen Ärmel zurechtrückte—eine Schlange, die sich um einen Dolch windet. Es war ein Symbol, das sie von einem Fall kannte, an dem sie vor Jahren gearbeitet hatte, bei dem es um eine lokale Gang ging, die für ihre gewalttätigen Tendenzen bekannt war.

Evelyns Puls beschleunigte sich. Sie beschloss, dem Mann zu folgen und dabei einen sicheren Abstand zu wahren. Er bewegte sich jetzt mit einem Ziel vor Augen und ging in eine schmale Gasse. Sie beschleunigte ihren Schritt, achtete jedoch auf die Schatten, die jede Menge Gefahren verbergen konnten. Die Gasse führte zu einem Hintereingang eines alten Lagerhauses, dessen Fassade verwittert und mit Graffiti übersät war.

Der Mann klopfte in einem bestimmten Rhythmus an die Tür, und sie schwang fast sofort auf. Evelyn erhaschte einen Blick auf eine weitere Gestalt im Inneren, bevor die Tür sich hinter ihm schloss. Sie spürte einen Adrenalinschub. Das könnte der Durchbruch sein, auf den sie in ihrer neuesten Untersuchung gewartet hatte—eine Serie von Einbrüchen, die die Nachbarschaft seit Monaten heimsuchte.

Evelyn wusste, dass sie vorsichtig vorgehen musste. Sie funkte nach Verstärkung, ihre Stimme war ruhig trotz der Aufregung, die in ihr brodelte. Während sie auf das Eintreffen ihrer Kollegen wartete, behielt sie das Lagerhaus im Auge, jeder ihrer Sinne war geschärft. Die Nacht war still, aber Evelyn wusste, dass innerhalb dieser Mauern Geheimnisse darauf warteten, enthüllt zu werden, und Verdächtigungen kurz davor standen, bestätigt zu werden.

Verborgene Absichten

Sarah saß im schwach beleuchteten Café, ihre Augen huschten von Gesicht zu Gesicht, auf der Suche nach einem Zeichen der Wiedererkennung. Die Luft war erfüllt vom Aroma frisch gebrühten Kaffees und dem leisen Summen von Gesprächen, aber ihre Gedanken waren woanders. Der kleine Umschlag, den sie in ihrer Hand hielt, fühlte sich an, als würde er eine Tonne wiegen. Darin befand sich ein einziges Foto, das an diesem Morgen ohne Absender und ohne Erklärung an ihrer Türschwelle angekommen war. Das Bild zeigte einen Mann, den sie nur allzu gut erkannte—David, ihren entfremdeten Bruder.

David war vor Jahren spurlos verschwunden und hatte eine Spur unbeantworteter Fragen und gebrochener Herzen hinterlassen. Ihr letztes Gespräch war in einem hitzigen Streit geendet, und sie hatte es immer bereut, ihre Beziehung nicht wieder in Ordnung gebracht zu haben. Jetzt, sein Gesicht wiederzusehen, brachte eine Flut von Emotionen mit sich, die sie nicht zu bewältigen wusste. Sie brauchte Antworten, und sie brauchte sie jetzt.

Sarahs Gedanken wurden durch das Geräusch der Glocke über der Café-Tür unterbrochen. Sie blickte auf und sah eine große, schattenhafte Gestalt eintreten. Er bewegte sich mit einer Selbstsicherheit, die sie unruhig machte. Er scannte den Raum, und ihre Blicke trafen sich für einen kurzen Moment, bevor er zu ihrem Tisch hinüberging.

„Sarah, nehme ich an?" Seine Stimme war ruhig, fast zu ruhig.

„Ja, und Sie sind?" antwortete sie und versuchte, ihre Stimme ruhig zu halten.

„Nennen Sie mich Jack", sagte er und setzte sich ihr gegenüber, ohne auf eine Einladung zu warten. „Ich glaube, Sie haben etwas, das mir gehört."

Sarahs Griff um den Umschlag verstärkte sich. „Ich weiß nicht, wovon Sie sprechen."

Jack lehnte sich näher, seine Augen verengten sich. „Das Foto. Es war nicht für Sie bestimmt. Es war ein Fehler."

„Ein Fehler?" Sarah spottete. „Es geht hier um meinen Bruder. Wo ist er?"

Jack seufzte und rieb sich die Schläfen, als ob er es mit einem schwierigen Kind zu tun hätte. „David hat sich in etwas verwickelt, in das er sich nicht hätte einmischen sollen. Er ist auf der Flucht, und das aus gutem Grund. Es gibt Leute, die nach ihm suchen, gefährliche Leute."

Der Raum schien sich um sie herum zu schließen. „Was für Leute?" verlangte sie zu wissen.

„Leute, die nicht zögern würden, dich zu benutzen, um an ihn heranzukommen", antwortete Jack, sein Ton wurde ernster. „Dieses Foto sollte eine Warnung sein, eine Erinnerung für David, sich versteckt zu halten. Es war nie dafür gedacht, in deine Hände zu fallen."

Sarahs Gedanken rasten. „Und was jetzt? Soll ich einfach vergessen, dass ich es gesehen habe?"

Jack schüttelte den Kopf. „Nein, du kannst es nicht ungeschehen machen. Aber du kannst vorsichtig sein. Vertraue niemandem, nicht einmal mir. Wenn du deinem Bruder helfen willst, musst du klug vorgehen."

Sie fühlte einen Schub an Entschlossenheit. „Ich muss ihn finden. Du musst mir helfen.“

Jack zögerte, dann nickte er. „In Ordnung, aber versteh das: Sobald du diesen Weg einschlägst, gibt es kein Zurück mehr. Dein Leben wird nie mehr dasselbe sein.“

Sarah holte tief Luft, ihre Entschlossenheit verhärtete sich. „Ich bin bereit.“

Jack stand auf und schob eine kleine Karte über den Tisch. „Hier ist meine Nummer. Verbrenne sie, nachdem du sie auswendig gelernt hast. Ich werde mich melden.“

Als er wegging, sah Sarah auf die Karte und ein Gefühl der Vorahnung überkam sie. Sie trat in eine Welt der Schatten und Geheimnisse ein, in der jeder Schritt ihr letzter sein könnte. Aber für David würde sie dieses Risiko eingehen. Sie hatte keine Wahl.

Zweifel schleichen sich ein

Die Sonne war unter den Horizont gesunken und warf lange Schatten, die endlos zu sein schienen und die wachsende Unruhe in Claras Geist widerspiegelten. Sie war immer eine Frau der Überzeugung gewesen, ihre Entscheidungen fest und unbeugsam. Aber als sie am Rand des alten, verfallenen Piers stand, kroch eine Kälte, die nichts mit der kühlen Abendluft zu tun hatte, ihren Rücken hinauf. Die Ereignisse der letzten Tage spielten sich in ihrem Kopf wie eine kaputte Schallplatte ab, jeder Gedanke brachte eine neue Welle der Unsicherheit mit sich.

Claras Finger fuhren die Umrisse des abgenutzten Fotos nach, das sie hielt. Es war ein Bild von ihr und Michael, vor Jahren aufgenommen, als das Leben einfach schien und ihre Liebe unbesiegbar war. Michaels Lächeln auf dem Foto war echt, seine Augen voller Wärme und Versprechen. Aber jetzt, allein stehend, konnte Clara das Gefühl nicht abschütteln, dass sie vielleicht etwas übersehen hatte, einen wichtigen Hinweis, der das Rätsel seines plötzlichen Verschwindens lösen könnte.

In der Nacht, als Michael verschwand, hatten sie gestritten, ein seltenes Ereignis in ihrer Beziehung. Worte waren ausgetauscht worden, scharf und verletzend, und hinterließen Wunden, die noch nicht geheilt waren. Clara hatte diesen Streit unzählige Male wiederholt, auf der Suche nach einem Hinweis darauf, was ihn möglicherweise vertrieben haben könnte. Sie konnte nicht anders, als sich zu fragen, ob sie ihn zu weit getrieben hatte, ob ihre unerbittliche Suche nach der Wahrheit mehr war, als er ertragen konnte.

Der Schrei einer Möwe durchbrach die Stille und riss Clara aus ihren Gedanken. Sie schaute sich um, halb erwartend, Michael aus den Schatten auftauchen zu sehen, bereit, alles zu erklären. Aber der Pier blieb verlassen, das einzige Geräusch war das sanfte Plätschern der Wellen gegen die Holzpfosten.

Claras Gedanken wanderten zu dem rätselhaften Fremden, den sie am Tag nach Michaels Verschwinden im Café getroffen hatte. Seine Augen schienen in ihre Seele zu bohren, seine Worte waren mit Andeutungen gespickt, die sie nicht ganz erfassen konnte. Er hatte von Geheimnissen gesprochen, von Gefahren, die knapp unter der Oberfläche ihres scheinbar idyllischen Lebens lauerten. Damals hatte Clara seine Warnungen als das Geschwafel eines paranoiden Geistes abgetan. Aber jetzt, in der Stille der Nacht, konnte sie nicht anders, als sich zu fragen, ob in seiner kryptischen Botschaft ein Körnchen Wahrheit steckte.

Ihr Telefon summte in ihrer Tasche und durchbrach erneut die Stille. Es war eine Nachricht von Detective Harris, dem Mann, der Michaels Fall zugewiesen war. Er war fleißig gewesen, fast schon besessen, in seiner Suche nach Antworten. Clara hatte seine Hingabe geschätzt, aber es gab etwas an seiner Intensität, das sie beunruhigte. Sie konnte das Gefühl nicht abschütteln, dass er mehr wusste, als er zugab, dass er irgendwie mit dem

Netz aus Lügen und Halbwahrheiten verbunden war, das Michaels Verschwinden zu umgeben schien.

Claras Herz raste, als sie die Nachricht las, ihre Hände zitterten. Harris hatte etwas gefunden, eine Spur, die den Fall möglicherweise weit aufreißen könnte. Sie fühlte einen Schwall der Hoffnung, schnell gefolgt von einer Welle des Schreckens. Was, wenn die Wahrheit mehr war, als sie ertragen konnte? Was, wenn sie auf ihrer Suche nach Antworten Geheimnisse aufdeckte, die ihre Welt unwiederbringlich zerstören würden?

Als sie dort stand, das Gewicht des Zweifels schwer auf ihren Schultern lastend, wurde Clara klar, dass sie an einem Scheideweg stand. Der Weg vor ihr war von Unsicherheit verhüllt, jeder Schritt voller potenzieller Gefahren. Aber trotz der Angst, die an ihr nagte, wusste sie, dass sie nicht umkehren konnte. Sie musste weitermachen, Michael finden, die Wahrheit aufdecken, egal um welchen Preis.

Mit einem tiefen Atemzug wandte sich Clara vom Rand des Piers ab, ihr Entschluss festigte sich. Die Nacht war dunkel und die Reise vor ihr ungewiss, aber sie war entschlossen, es durchzuziehen. Für Michael, für sich selbst und für die Antworten, die im Schatten verborgen lagen.

Konfrontation

Das Mondlicht filterte durch das dichte Blätterdach und warf einen unheimlichen Schein über die Lichtung im Wald. Die Luft war dick vor Spannung, ein greifbares Gefühl des Schreckens, das an jedem Baum, jedem Schatten haftete. Alex stand am Rand der Lichtung und ließ den Blick durch die Dunkelheit schweifen. Jeder Atemzug war flach, jeder Herzschlag laut in der Stille der Nacht. Die Ereignisse der letzten Wochen hatten zu diesem Moment geführt, einer Konfrontation, die sowohl unvermeidlich als auch unmöglich schien.

Ein Rascheln im Unterholz lenkte Alex' Aufmerksamkeit auf sich. Die Muskeln angespannt, bereit für alles. Die Gestalt, die aus den Schatten auftauchte, war sowohl vertraut als auch fremd, eine Silhouette, die Alex' Träume und wache Stunden gleichermaßen heimgesucht hatte. Es war Marcus, der Mann, dessen Verrat dieses tödliche Spiel in Gang gesetzt hatte. Sein Gesicht, einst eine freundliche Maske, trug nun die verhärteten Linien eines Mannes, der zu viele Grenzen überschritten hatte.

"Alex," Marcus' Stimme war ein tiefes Knurren, erfüllt von einer Mischung aus Bedauern und Trotz. "Wir müssen das nicht tun."

Alex' Antwort war ein bitteres Lachen, ohne jeglichen Humor. "Glaubst du das wirklich?" Die Worte hingen in der Luft, schwer von der Last gemeinsamer Geschichte und gebrochenem Vertrauen.

Marcus machte einen Schritt nach vorne, die Hände in einer Geste des Friedens erhoben. "Ich wollte nie, dass es so weit kommt. Du musst mir glauben."

"Dir glauben?" Alex' Stimme brach vor Emotionen. "Nach allem, was du getan hast? Nach all den Lügen?" Die Erinnerungen an Verrat, an verlorene Freunde und zerbrochene Allianzen drängten sich in den Vordergrund von Alex' Gedanken.

"Du verstehst es nicht," flehte Marcus, Verzweiflung schlich sich in seinen Ton. "Ich hatte keine Wahl. Sie hätten uns alle getötet."

"Und jetzt?" Alex' Stimme war kalt, ein scharfer Kontrast zu dem brennenden Zorn in ihm. "Was passiert jetzt, Marcus? Kämpfen wir bis zum Tod? Ist das der einzige Weg, wie das endet?"

Marcus' Augen flackerten mit etwas Unlesbarem. "Vielleicht muss es gar nicht enden. Vielleicht können wir einen anderen Weg finden."

Für einen Moment schien der Wald den Atem anzuhalten. Die beiden Gestalten standen sich gegenüber, das Gewicht ihrer Vergangenheit drückte auf sie. In dieser fragilen Stille schien die

Möglichkeit einer Versöhnung wie eine ferne Fata Morgana zu schimmern.

Aber dann, wie auf Kommando, brach der Wald in Bewegung aus. Gestalten tauchten aus den Schatten auf, bewaffnet und kampfbereit. Marcus' Verbündete, seine Versicherungspolice. Alex' Herz sank. Es würde keine friedliche Lösung geben, kein Zurück.

"Ist das dein Plan, Marcus?" schrie Alex, Wut und Herzschmerz mischten sich in den Worten. "Mich zu überfallen? Es so zu beenden?"

Marcus' Gesicht verzerrte sich vor Qual. "Ich wollte das nicht," flüsterte er, aber seine Stimme wurde von den Geräuschen nahender Schritte übertönt.

Die Lichtung wurde zum Schlachtfeld. Alex bewegte sich mit geübter Präzision, jeder Muskel durch jahrelanges Training gestählt. Das Klirren von Metall, das Aufprallen von Körpern auf den Boden, die Schreie von Schmerz und Verzweiflung—alles verschmolz zu einer chaotischen Symphonie.

Mitten im Tumult standen sich Alex und Marcus erneut gegenüber. Ihre Blicke trafen sich, ein stummes Verständnis ging zwischen ihnen hin und her. Das war ihr Schicksal, ihr letzter Akt in einem Drama, das außer Kontrolle geraten war.

Mit einem letzten, kehligem Schrei stürzte sich Alex vorwärts. Die Welt verengte sich auf einen einzigen Punkt: Marcus. Der Verrat, die Lügen, der Verlust—alles kulminierte in diesem Moment. Die Konfrontation erreichte ihren Höhepunkt, eine tödliche Begegnung, die keinen unversehrt lassen würde.

Als sich der Staub legte und der Wald seine Stille zurückerlangte, enthüllte das Mondlicht zwei Gestalten, für immer verändert durch die Entscheidungen, die sie getroffen hatten.

Kapitel 6: Offenbarung

Die Wahrheit enthüllt

Als die Morgensonne ihren goldenen Schimmer über die verschlafene Stadt Millstone warf, stand Detective Clara Hastings am Rand des Tatorts und ließ ihren geübten Blick über die Umgebung schweifen. Die Luft war erfüllt vom Duft von Kiefern und Erde, vermischt mit dem schwachen, beißenden Geruch von verbranntem Gummi. Ihr Partner, Detective Mark Stevens, hockte neben der Leiche und sammelte mit seinen behandschuhten Händen sorgfältig Beweise.

"Noch eine," murmelte Clara unter ihrem Atem, ihre Stimme von Frustration durchzogen. Das Opfer, eine junge Frau Anfang zwanzig, lag ausgestreckt auf dem Boden, ihre leblosen Augen starrten ins Nichts. Die Szene erinnerte unheimlich an die vorherigen Fälle, die die Stadt in den letzten Monaten heimgesucht hatten. Vier Opfer, alle mit derselben erschreckenden Signatur—eine einzelne rote Rose, die zart auf ihrer Brust platziert wurde.

Mark stand auf, sein Gesichtsausdruck grimmig. "Er ist es wieder. Der Rosenmörder."

Clara nickte, ihr Geist ratterte vor Möglichkeiten. Der Rosenmörder hatte sie seit Monaten umgangen und eine Spur der Verwüstung und unbeantworteter Fragen hinterlassen. Jedes Opfer war sorgfältig ausgewählt worden, ihr Leben mit einer Präzision ausgelöscht, die von einem akribischen und berechnenden Verstand sprach. Die rote Rose, ein Symbol der Liebe und Schönheit, war in eine makabre Visitenkarte verdreht worden.

"Wir müssen eine Verbindung finden," sagte Clara, ihre Stimme entschlossen. "Es muss etwas geben, das diese Opfer miteinander verbindet."

Mark warf ihr einen Blick zu, seine Augen spiegelten dieselbe Entschlossenheit wider. "Einverstanden. Lass uns mit dem Hintergrund des Opfers anfangen. Vielleicht haben wir etwas übersehen."

Als sie in das Leben der jungen Frau eintauchten, entdeckten sie eine Reihe seltsamer Zufälle. Sie hatte kürzlich einen neuen Job in einem örtlichen Blumenladen begonnen, demselben Laden, in dem das vorherige Opfer gearbeitet hatte. Die Besitzerin, eine ältere Frau namens Mrs. Thornton, schien harmlos genug, aber etwas an ihrem Auftreten kam Clara seltsam vor.

"Lass uns Mrs. Thornton einen Besuch abstatten," schlug Clara vor, ihre Instinkte kribbelten.

Der Blumenladen war ein gemütliches kleines Geschäft, dessen Wände mit lebhaften Blüten und Grünpflanzen geschmückt waren. Mrs. Thornton begrüßte sie mit einem warmen Lächeln, ihre Augen kräuselten sich an den Ecken. Sie war das Bild von großmütterlichem Charme, aber Clara konnte das Gefühl nicht abschütteln, dass mehr hinter ihr steckte, als es den Anschein hatte.

"Es tut uns leid, Sie zu stören, Mrs. Thornton," begann Clara, ihr Ton höflich, aber bestimmt. "Wir haben ein paar Fragen zu einem Ihrer Mitarbeiter."

Mrs. Thorntons Lächeln stockte für einen kurzen Moment, bevor sie ihre Fassung wiedererlangte. "Natürlich, Liebes. Alles, um zu helfen."

Während sie sie befragten, beobachtete Clara sie genau und bemerkte die subtilen Veränderungen in ihrem Ausdruck. Da war ein Flackern von etwas—Angst, vielleicht?—als sie den Rosenmörder erwähnten. Es reichte aus, um Claras Verdacht zu verstärken.

"Erinnern Sie sich daran, in letzter Zeit jemanden Ungewöhnlichen im Laden gesehen zu haben?" fragte Clara, ihr Blick unbeirrbar.

Mrs. Thornton zögerte, ihre Finger spielten nervös mit dem Saum ihrer Schürze. "Nun, da war ein Mann... Er kam ein paar Mal herein und fragte immer nach Rosen. Ich dachte, er sei nur ein Romantiker, aber jetzt... bin ich mir nicht mehr so sicher."

Clara tauschte einen Blick mit Mark. Es war eine Spur, wenn auch eine schwache. Sie mussten diesen Mann finden und seine Verbindung zu den Opfern aufdecken.

Als sie den Laden verließen, summte Claras Kopf vor Möglichkeiten. Die Wahrheit war verlockend nah, verborgen unter Schichten von Täuschung und Angst. Sie wusste, dass die Aufklärung dieses Rätsels all ihre Fähigkeiten und Entschlossenheit erfordern würde. Der Rosenmörder war da draußen, beobachtete, wartete. Und sie war entschlossen, ihn zur Rechenschaft zu ziehen.

Isabelles Geständnis

Isabelle saß am Rand ihres Bettes, ihre Finger fuhren nervös über die Stickerei auf der Bettdecke. Ihre Augen huschten alle paar Sekunden zur Tür, als ob sie erwartete, dass jemand jeden Moment hereinstürmen würde. Das Zimmer war schwach beleuchtet, und Schatten tanzten unheimlich an den Wänden. Das leise Summen der Klimaanlage war das einzige Geräusch, das die schwere Stille durchbrach.

Sie hatte diesen Moment gefürchtet, seit sie den Brief erhalten hatte. Er lag offen auf dem Nachttisch, sein Inhalt so beunruhigend wie an dem Tag, an dem sie ihn zum ersten Mal gelesen hatte. Ihre Gedanken waren ein Wirbelwind, Erinnerungen und Ängste kollidierten in einem chaotischen Tanz. Sie wusste, dass sie dieses Geheimnis nicht länger für sich behalten konnte; es fraß sie von innen auf.

Ein leises Klopfen an der Tür ließ sie zusammenzucken. Sie holte tief Luft und versuchte, ihr rasendes Herz zu beruhigen. "Komm rein," rief sie, ihre Stimme kaum mehr als ein Flüstern.

Die Tür knarrte auf, und dort stand Detective Harris, sein Ausdruck eine Mischung aus Besorgnis und Entschlossenheit. Er war geduldig mit ihr gewesen und hatte ihr die Zeit gegeben, die sie brauchte, um sich mit dem abzufinden, was sie tun musste. Aber die Zeit lief ab, und das wussten sie beide.

"Isabelle, bist du bereit?" fragte er sanft, trat in den Raum und schloss die Tür hinter sich.

Sie nickte, obwohl ihre Hände zitterten, als sie ihm bedeutete, sich zu setzen. Er nahm im Sessel ihr gegenüber Platz, seine Augen ließen ihr Gesicht nicht los. Sie konnte das Gewicht seines Blickes spüren, die unausgesprochene Dringlichkeit in seinem Verhalten.

"Ich muss dir etwas sagen," begann sie, ihre Stimme zitterte. "Etwas, das ich viel zu lange verborgen gehalten habe."

Detective Harris lehnte sich vor, sein Ausdruck ermutigend. "Nimm dir Zeit, Isabelle. Ich bin hier, um zuzuhören."

Sie holte noch einmal tief Luft, ihr Geist raste zurück zu jener schicksalhaften Nacht. Die Bilder waren so lebendig, als wäre es gestern passiert. Die dunkle Gasse, die regennassen Straßen, das Geräusch von Schritten, die hinter ihr widerhallten. Sie hatte versucht zu vergessen, die Erinnerungen tief in sich zu vergraben, aber sie fanden immer einen Weg, wieder aufzutauchen.

"Es war vor drei Jahren," begann sie, ihre Stimme kaum hörbar. "Ich ging von der Arbeit nach Hause und beschloss, eine Abkürzung durch die Gasse zu nehmen. Es war spät, und ich wollte einfach so schnell wie möglich nach Hause."

Sie hielt inne, ihre Augen füllten sich mit Tränen. Detective Harris blieb still und gab ihr den Raum, den sie brauchte, um fortzufahren.

"Ich hörte Schritte hinter mir und dachte, es wäre nur jemand anderes, der die gleiche Abkürzung nahm. Aber dann fühlte ich eine Hand auf meiner Schulter, und bevor ich es wusste, wurde ich in die Dunkelheit gezogen."

Ihre Stimme brach, und sie vergrub ihr Gesicht in ihren Händen, die Schluchzer erschütterten ihren Körper. Detective Harris setzte sich neben sie und legte eine tröstende Hand auf ihren Rücken.

"Es ist okay, Isabelle. Du bist jetzt in Sicherheit. Nimm dir Zeit."

Sie nickte und wischte sich die Tränen mit dem Handrücken ab. "Ich habe mich so gut ich konnte gewehrt. Es gelang mir, mich zu befreien und zu rennen, aber ich konnte ihn hinter mir fluchen hören. Ich schaute nicht zurück, ich rannte einfach weiter, bis ich meine Wohnung erreichte."

Die Erinnerungen waren überwältigend, aber sie zwang sich weiterzumachen. "Ich habe es nie jemandem erzählt. Ich hatte zu viel Angst, zu viel Scham. Aber jetzt, mit allem, was passiert, kann ich es nicht länger geheim halten. Ich denke... Ich denke, der Mann, der mich angegriffen hat, ist derselbe, der hinter den jüngsten Morden steckt."

Detective Harris' Augen weiteten sich, als die Schwere ihres Geständnisses einsank. "Isabelle, das sind entscheidende Informationen. Wir müssen ihn fangen, bevor er noch jemanden verletzt."

Sie nickte, ein Gefühl der Erleichterung überkam sie. Die Last ihres Geheimnisses war endlich gelüftet, und obwohl der Weg vor ihr ungewiss war, wusste sie, dass sie den ersten Schritt in Richtung Gerechtigkeit getan hatte.

Eine schmerzhafte Vergangenheit

Die Sonne tauchte unter den Horizont und warf lange Schatten über die Kopfsteinpflasterstraßen. Die Stadt Eldridge schien den Atem anzuhalten, als ob sie den unvermeidlichen Sturm erwartete. Im Herzen dieser Stadt stand ein bescheidenes Haus, dessen Farbe abblätterte und dessen Fenster von Jahren der Vernachlässigung getrübt waren. Drinnen saß eine Frau namens Elara an einem kleinen Holztisch und fuhr mit den Fingern die Ränder eines verblassten Fotos nach.

Das Bild hielt einen Moment der Freude fest—ein junges Paar, strahlend vor Glück, die Arme um einander geschlungen. Elaras Augen füllten sich mit Tränen, als sie sich an den Mann auf dem Foto erinnerte. Jonathan. Ihr Jonathan. Die Erinnerungen kamen ungebeten und unerbittlich zurück, jede einzelne ein scharfer Stich des Kummers.

Sie hatten sich unter den gewöhnlichsten Umständen kennengelernt, zwei Fremde, deren Wege sich auf einem belebten Marktplatz kreuzten. Jonathans Lachen war ansteckend gewesen, sein Lächeln warm und einladend. Für Elara war es ein Rettungsanker gewesen, der sie aus den Tiefen der Einsamkeit zog. Sie hatten unzählige Stunden miteinander verbracht, Träume und Ängste geteilt und ein Leben aufgebaut, das unzerbrechlich schien.

Aber das Schicksal hatte andere Pläne. Eines schicksalhaften Nachts war Jonathan nicht nach Hause zurückgekehrt. Panik hatte eingesetzt, und Elara hatte die Stadt durchkämmt, ihr Herz schlug vor Angst. Tage wurden zu Wochen, und die Hoffnung schwand. Die Stadtbewohner flüsterten von dunklen Mächten und unsichtbaren Gefahren, aber niemand hatte Antworten. Elara war mit einer Leere zurückgelassen worden, die so gewaltig war, dass sie ihre Seele zu verschlingen schien.

Jahre vergingen, und der Schmerz wurde stumpfer, verschwand aber nie. Elara wurde zu einem Schatten ihres früheren Selbst, sie durchlief die Bewegungen des Lebens, ohne wirklich zu leben. Das Haus, das sie geteilt hatten, wurde zu einem Mausoleum der Erinnerungen, jedes Zimmer eine scharfe Erinnerung an das, was einmal war. Sie hatte versucht, weiterzumachen, Trost in den alltäglichen Routinen zu finden, aber der Schmerz in ihrem Herzen blieb ein ständiger Begleiter.

Eines Abends, als die Stadt in Dämmerung gehüllt war, hallte ein Klopfen durch die leeren Hallen. Elaras Herz raste, als sie die Tür öffnete und einen Fremden auf ihrer Veranda stehen sah. Seine Augen waren freundlich, doch erfüllt von einer Traurigkeit, die ihrer eigenen glich. Er stellte sich als Marcus vor, ein Reisender mit Geschichten von fernen Ländern und verborgenen Wahrheiten.

Marcus sprach von einem Ort jenseits der Berge, wo die Zeit stillzustehen schien und Geheimnisse tief vergraben waren. Er hatte Geschichten von einem Mann gehört, der Jonathans Beschreibung entsprach, isoliert lebend, sein Geist von unbekannten Schrecken zerrüttet. Elaras Herz sprang vor Hoffnung und Angst zugleich. Konnte es möglich sein, dass Jonathan lebte, verloren, aber nicht verschwunden?

Mit neuem Entschluss beschloss Elara, Marcus zu dem Ort zu folgen, von dem er sprach. Die Reise würde gefährlich sein, aber die Chance, Jonathan zu finden, war ein Lichtstrahl in ihrer verdunkelten Welt. Sie sammelte das Wenige, was sie brauchte, ihr Entschluss stand fest. Als sie das Haus verließ und die Geister ihrer Vergangenheit hinter sich ließ, fühlte Elara zum ersten Mal seit Jahren einen Hoffnungsschimmer.

Der Weg vor ihr war ungewiss, voller Gefahren und unbeantworteter Fragen. Aber Elara wusste, dass sie sich ihrer schmerzhaften Vergangenheit stellen musste, um die Wahrheit aufzudecken. Die Reise würde sie auf Weisen prüfen, die sie sich noch nicht vorstellen konnte, aber sie war bereit. Für Jonathan, für die Liebe, die sie geteilt hatten, und für die Chance, die Wunden zu heilen, die sie so lange verfolgt hatten.

Pläne der Rache

Die Uhr an der Wand tickte mit unheimlicher Präzision, jede Sekunde verstärkte die Stille im Raum. Olivia saß an ihrem Schreibtisch, ihre Finger trommelten rhythmisch auf der Mahagonifläche. Das sanfte Leuchten der Schreibtischlampe warf lange Schatten und ließ den Raum mehr wie eine Bühne für ihre Gedanken erscheinen. Ihr Geist war ein Wirbelwind aus Strategien und Szenarien, jedes ausgeklügelter als das letzte.

Rache war kein Konzept, das sie leichtfertig in Betracht zog. Es war eine akribische Kunst, die Geduld, List und ein unnachgiebiges Engagement erforderte, um sie durchzuziehen. Der Verrat, den sie erlitten hatte, war eine Wunde, die die Zeit nicht heilen wollte. Sie eiterte, nagte an jedem ihrer wachen Momente, und der einzige Balsam, den sie sich vorstellen konnte, war Vergeltung.

Quer durch die Stadt, in einer schwach beleuchteten Wohnung, war Marcus ebenso von Gedanken an Rache erfüllt. Er war auf eine Weise verletzt worden, die jede Beschreibung sprengte, sein Leben durch eine einzige, schicksalhafte Begegnung auf den

Kopf gestellt. Die Narben, die es hinterließ, waren unsichtbar, aber tief, und der Durst nach Gerechtigkeit brannte in ihm wie eine unaufhörliche Flamme. Er hatte unzählige Nächte damit verbracht, Pläne zu schmieden, jeder Plan war komplizierter als der letzte, jeder Schritt sorgfältig durchdacht.

Sowohl Olivia als auch Marcus waren sich der Existenz des anderen nicht bewusst, doch ihre Wege waren dazu bestimmt, sich wieder zu kreuzen. Das Schicksal hatte eine eigenartige Art, sein Netz zu weben, und zog sie unaufhaltsam auf ein gemeinsames Ziel zu. Ihre Motivationen waren unterschiedlich, aber ihre Methoden wiesen eine auffallende Ähnlichkeit auf. Beide verstanden, dass wahre Rache nicht nur Handlung erforderte, sondern ein tiefes Verständnis für die Schwächen, Ängste und Wünsche ihres Feindes.

Olivias Plan begann Gestalt anzunehmen, als sie sich an jedes Detail des Verrats erinnerte. Sie wusste, dass ihr Gegner den Ruf über alles andere stellte. Eine öffentliche Schande wäre der perfekte Ausgangspunkt. Sie begann, Informationen zu sammeln und ein Dossier zusammenzustellen, das jedes versteckte Geheimnis, jede Lüge enthüllen würde. Ihr Netzwerk von Informanten war riesig, und sie nutzte es zu ihrem Vorteil, zog Fäden und stellte Fallen mit der Präzision einer Meistermarionettenspielerin.

Marcus hingegen war direkter in seinem Ansatz. Er glaubte an die Macht der Konfrontation, an die Angst, die durch eine kalkulierte Machtdemonstration eingepflanzt werden konnte. Die Schwäche seines Gegners war Gier, eine Eigenschaft, die Marcus rücksichtslos auszunutzen beabsichtigte. Er stellte eine Reihe von finanziellen Fallen auf, jede darauf ausgelegt, seinen Feind in ein Netz aus Täuschung und Ruin zu locken. Er genoss die Vorfreude, das Wissen, dass jeder Schritt ihn seinem Ziel näher brachte.

Als die Tage zu Wochen wurden, verfeinerten sowohl Olivia als auch Marcus ihre Pläne, passten sie an Eventualitäten und unerwartete Variablen an. Sie waren unerbittlich, getrieben von einem gemeinsamen Verständnis, dass Rache nicht nur eine Handlung, sondern ein Prozess war. Es erforderte Disziplin, Weitsicht und einen unerschütterlichen Entschluss.

Die Bühne war bereitet, die Spieler an ihrem Platz. Jeder Zug war ein kalkuliertes Risiko, jede Entscheidung ein Schritt näher zum finalen Akt. Olivia und Marcus, obwohl sie nichts voneinander wussten, waren durch ein gemeinsames Schicksal verbunden. Die tödliche Begegnung, die sie auf diesen Weg gebracht hatte, war nur ein Vorspiel zu der Abrechnung, die sie erwartete. Am Ende würden ihre Rachepläne zusammenlaufen, und das Ergebnis wäre so unvorhersehbar wie die Kräfte, die sie zusammengeführt hatten.

Eine Liebe auf die Probe gestellt

Die Wochen nach ihrer erschütternden Flucht waren für Elena und Marcus ein Wirbel aus Spannung und Unsicherheit. Die ruhige Stadt, die einst ihr Zufluchtsort gewesen war, schien nun voller unsichtbarer Gefahren. Jedes Knarren der Dielen, jeder Schatten, den die untergehende Sonne warf, fühlte sich wie ein Vorspiel zu einer weiteren Konfrontation an. Elena's Herz raste mit jeder Stunde, die verging, und ihr Geist spielte die Ereignisse, die sie beinahe auseinandergerissen hatten, immer wieder ab.

Marcus, immer der Beschützer, war noch wachsamer geworden. Seine Augen, einst voller Wärme und Lachen, durchsuchten nun ihre Umgebung mit einer falkenartigen Intensität. Das Gewicht ihrer gemeinsamen Tortur hatte Sorgenfalten in sein Gesicht gegraben. Oft fand er sich in Gedanken verloren, die Last, Elena sicher zu halten, drückte schwer auf seine Schultern.

Eines Abends, als die Sonne unter den Horizont sank und ein bernsteinfarbenes Leuchten über das Wohnzimmer warf, näherte sich Elena Marcus. Sie konnte den Sturm hinter seinen Augen sehen, den Konflikt, der in ihm tobte. "Marcus," begann sie leise und legte eine Hand auf seinen Arm. "Wir können nicht so weiterleben. Die Angst, das ständige Über-die-Schulter-Schauen... es zerreißt uns."

Marcus seufzte, sein Blick wurde weicher, als er sie ansah. "Ich weiß, Elena. Aber ich kann das Gefühl nicht abschütteln, dass wir immer noch in Gefahr sind. Dass er immer noch da draußen ist, zuschaut und auf den richtigen Moment wartet."

Elena's Augen schimmerten mit ungeweinten Tränen. "Wir können nicht zulassen, dass er unser Leben kontrolliert, Marcus. Wir sind so weit gekommen, haben so viel überlebt. Wir müssen einander vertrauen, in unsere Liebe, um das durchzustehen."

Die Worte hingen in der Luft, ein zerbrechliches Versprechen der Hoffnung. Marcus zog sie in seine Arme, hielt sie fest, als ob er sie vor der Welt schützen wollte. "Ich liebe dich, Elena. Mehr als alles andere. Aber ich habe Angst. Angst, dich zu verlieren."

Ihre Umarmung wurde fester, ein stilles Gelübde, allem gemeinsam entgegenzutreten. In jener Nacht, als sie in den Armen des anderen lagen, schienen die Albträume, die Elenas Schlaf geplagt hatten, zu verblassen, ersetzt durch ein Gefühl der Entschlossenheit.

Die folgenden Tage waren ein Zeugnis ihrer Widerstandskraft. Sie begannen, ihr Leben Stück für Stück wieder aufzubauen. Marcus nahm seine Arbeit in der Werkstatt wieder auf und fand Trost in der vertrauten Routine. Elena, mit ihrem unbezwingbaren Geist, stürzte sich in ihre Kunst, die lebendigen

Farben auf ihrer Leinwand ein scharfer Kontrast zu der Dunkelheit, die sie ertragen hatten.

Doch mitten in der Heilung schwebten die Schatten des Zweifels. Marcus fand sich dabei wieder, jeden Fremden, der vorbeiging, und jedes unbekannte Auto, das die Straße entlangfuhr, zu hinterfragen. Die Paranoia nagte an ihm, eine ständige Erinnerung an die drohende Gefahr.

Eines Nachmittags, als Marcus unter der Motorhaube eines Autos arbeitete, näherte sich eine Gestalt. Sein Herz setzte einen Schlag aus, seine Muskeln spannten sich an. Doch als die Gestalt näher kam, erkannte er das vertraute Gesicht von Detective Harris. Der Ausdruck des Detektivs war ernst, ein Vorbote unerwünschter Nachrichten.

"Marcus," begann Harris mit leiser Stimme. "Wir haben Nachricht erhalten. Er wurde in der Nähe gesehen."

Die Worte jagten Marcus einen Schauer über den Rücken. Der fragile Frieden, den sie so hart erkämpft hatten, war erneut bedroht. Aber diesmal war Marcus bereit. Er würde Elena um jeden Preis beschützen, ihre Liebe ein Leuchtfeuer im herannahenden Dunkel.

Als die Sonne an jenem Abend unterging und lange Schatten über ihr Zuhause warf, bereiteten sich Marcus und Elena auf den bevorstehenden Kampf vor. Ihre Liebe war auf die Probe gestellt worden, aber sie war auch gestärkt worden. Gemeinsam würden sie allem entgegentreten, was auf sie zukam, ihre Bindung unzerbrechlich und ihr Entschluss unerschütterlich.

Kapitel 7: Emotionale Turbulenzen

Alexanders Schuld

Alexander ging in dem schwach beleuchteten Raum auf und ab, das Gewicht seiner Taten lastete schwer auf seinen Schultern. Das flackernde Licht der einzigen Lampe warf lange, unheimliche Schatten, die ihn zu verspotten schienen und bei jedem unsicheren Schritt, den er machte, an den Wänden tanzten. Sein Geist spielte die Ereignisse der vergangenen Nacht in einer endlosen Schleife ab, jedes Detail lebhafter und belastender als das letzte.

Die Begegnung hatte harmlos genug begonnen – ein zufälliges Treffen in der alten Taverne am Stadtrand. Alexander hatte an einem Drink genippt und versucht, die Erinnerungen an eine turbulente Vergangenheit zu ertränken, als sie hereinkam. Ihre Anwesenheit war magnetisch und zog die Blicke aller im Raum auf sich. Doch es war Alexander, der sich unerklärlicherweise zu ihr hingezogen fühlte, als ob eine unsichtbare Kraft ihn zu einem unvermeidlichen Schicksal zog.

Ihr Gespräch floss mühelos, ein Tanz der Worte, der sowohl einstudiert als auch spontan wirkte. Er erinnerte sich an ihr Lachen, ein Klang, der den schweren Nebel seiner Verzweiflung für einen Moment gelichtet hatte. Aber als die Nacht voranschritt, verwandelte sich dieses Lachen in etwas Unheimlicheres, das in seinem Geist wie ein gespenstischer Refrain widerhallte.

Als sie nach draußen traten, war die Luft von Spannung erfüllt. Der Mond hing tief am Himmel und warf ein blasses Licht, das sie in ein überirdisches Licht tauchte. Es war dann, dass die Dinge eine dunklere Wendung nahmen. Ein Streit brach aus— scharfe Worte, die tiefer schnitten als jede Klinge. Alexanders Temperament entflammte, ein Feuer, das durch Jahre unterdrückter Wut und Reue geschürt wurde. Er konnte sich nicht erinnern, wer den ersten Schlag geworfen hatte, aber die Erinnerung an ihre leblosen Augen, die zu ihm aufblickten, war in sein Bewusstsein eingebrannt.

Jetzt, als er in seiner kleinen Wohnung stand, setzte sich die Realität dessen, was er getan hatte, in ihm fest. Die Polizei würde bald nach ihm suchen, wenn sie es nicht schon tat. Jedes Knarren der Dielen, jede entfernte Sirene ließ ihn vor Panik zusammenzucken. Er fühlte sich gefangen, ein Gefangener seiner eigenen Machenschaften.

Alexander blickte in den Spiegel an der Wand, sein Spiegelbild eine geisterhafte Erscheinung des Mannes, der er einst war. Seine Augen, hohl und blutunterlaufen, starrten ihn mit einer

Mischung aus Angst und Trotz an. Er hatte immer stolz darauf gewesen, die Kontrolle zu haben, aber jetzt war die Kontrolle ihm wie Sand durch die Finger geglitten.

Seine Gedanken wanderten zu der Frau—ihr Name, ihre Geschichte, alles, was er in diesen flüchtigen Stunden über sie erfahren hatte. Sie war mehr als nur eine Fremde gewesen; sie war ein Katalysator, der eine Kette von Ereignissen ausgelöst hatte, die zu diesem Moment führten. Er fragte sich, ob es einen anderen Weg gegeben hätte, einen Pfad, der nicht in einer Tragödie endete. Aber die Vergangenheit war unveränderlich, und alles, was blieb, war die Gegenwart—eine Gegenwart voller Schuld und Unsicherheit.

Alexander wusste, dass er sich nicht für immer verstecken konnte. Die Wahrheit würde ans Licht kommen, und er würde sich den Konsequenzen seiner Handlungen stellen müssen. Aber für den Moment blieb er im Schatten und kämpfte mit der Größe seiner Schuld. Der Raum schien sich um ihn zu schließen, die Wände ein stilles Zeugnis seines inneren Aufruhrs. Alexanders Reise hatte eine dunkle und unumkehrbare Wendung genommen, und das Gewicht dieser Erkenntnis war fast zu viel zu ertragen.

Isabelles Konflikt

Isabelle lief in ihrer kleinen Wohnung auf und ab und warf immer wieder einen Blick auf die Uhr an der Wand. Jeder Tick schien lauter als der letzte zu hallen und verstärkte den Aufruhr, der in ihr tobte. Der Raum, normalerweise ein Zufluchtsort der Ruhe, fühlte sich jetzt erstickend an. Sie blieb am Fenster stehen, ihr Blick schweifte auf die belebte Straße unten. Die Stadt bewegte sich weiter, gleichgültig gegenüber ihrem inneren Chaos.

Ihr Telefon vibrierte auf dem Couchtisch und durchbrach die Stille. Sie zögerte, bevor sie es aufhob, und erkannte die Nummer. Es war Detective Harris. Isabelles Herz setzte einen Schlag aus. Sie drückte mit zitterndem Finger den Antwortknopf.

"Isabelle?" Die Stimme des Detektivs war ruhig, aber sie konnte einen Hauch von Besorgnis erkennen. "Wir müssen über das sprechen, was passiert ist."

Sie schluckte schwer und kämpfte darum, ihre Stimme zu finden. "Ich... ich weiß nicht, ob ich kann."

"Du musst das nicht alleine durchstehen," versicherte Harris ihr. "Wir sind hier, um zu helfen."

Isabelle nickte, obwohl er sie nicht sehen konnte. "Okay. Ich komme zur Wache."

Der Anruf endete und hinterließ sie mit einem erneuten Gefühl des Grauens. Sie wusste, was sie erwartete—eine Reihe von Fragen, die jede Schicht einer Nacht aufdeckten, die sie verzweifelt vergessen wollte. Aber sie wusste auch, dass sie nicht ewig davor weglaufen konnte.

Sie schnappte sich ihren Mantel und ihre Schlüssel und zwang sich zur Tür hinaus. Die Luft draußen war frisch, ein krasser Gegensatz zur erstickenden Spannung in ihrer Wohnung. Während sie ging, überfluteten Erinnerungen an die Begegnung ihren Geist. Die dunkle Gasse, der plötzliche Angriff, der pure Schrecken, der sie ergriffen hatte. Sie hatte sich gewehrt, ihre Instinkte hatten übernommen, aber die Nachwirkungen waren verschwommen.

Als sie am Bahnhof ankam, wurde sie von einem Meer geschäftiger Gesichter begrüßt, jedes in seine eigene Welt von Ermittlungen und Berichten vertieft. Detective Harris traf sie am Eingang, sein Ausdruck eine Mischung aus Professionalität und Empathie.

"Lass uns in mein Büro gehen," schlug er vor und führte sie durch das Labyrinth von Schreibtischen und Papierkram.

Einmal drinnen, bot er ihr einen Sitzplatz und eine Tasse Kaffee an. Sie nahm es an, mehr um etwas in der Hand zu halten als aus einem Bedürfnis nach Koffein.

"Isabelle, ich weiß, dass das schwierig ist," begann Harris und setzte sich ihr gegenüber. "Aber wir müssen genau verstehen, was in jener Nacht passiert ist."

Sie holte tief Luft, der Dampf des Kaffees stieg ihr ins Gesicht. "Es war dunkel. Ich ging von der Arbeit nach Hause. Ich dachte, ich hörte Schritte hinter mir, aber ich sah niemanden."

"Mach weiter," drängte Harris sanft.

"Dann, aus dem Nichts, war er da. Er packte mich, versuchte mich in die Gasse zu ziehen. Ich... ich habe mich gewehrt. Ich weiß nicht wie, aber ich habe es geschafft zu entkommen."

Harris nickte und machte sich Notizen. "Haben Sie sein Gesicht gesehen?"

Isabelle schüttelte den Kopf. "Es war zu dunkel. Und es ging alles so schnell."

"Sie sind mutig, Isabelle," sagte Harris, sein Tonfall aufrichtig. "Aber wir brauchen jedes Detail, an das Sie sich erinnern können. Alles könnte uns helfen, ihn zu finden."

Ihr Geist raste, versuchte sich an alles zu erinnern, was nützlich sein könnte. "Er hatte eine Narbe. An seiner linken Hand. Ich erinnere mich, dass ich sie fühlte, als ich versuchte, ihn wegzustoßen."

"Das ist gut," sagte Harris und schrieb schnell. "Noch etwas?"

Sie schloss die Augen und strengte sich an, sich zu erinnern. "Da war ein Geruch. Wie Öl oder Fett. Vielleicht arbeitet er in einer Werkstatt oder so."

Harris blickte auf und traf ihren Blick. "Das ist sehr hilfreich. Wir werden dem nachgehen."

Isabelle verspürte einen kleinen Funken der Erleichterung. Es war nicht viel, aber es war etwas. Sie wusste, dass der Weg vor ihr lang und schwierig sein würde, aber zum ersten Mal seit jener Nacht verspürte sie einen Funken Hoffnung. Sie war in diesem Kampf nicht allein. Und mit jedem Schritt gewann sie ihre Stärke zurück.

Vertrauen Zerschmettert

Ein kalter Wind fegte durch die engen Gassen und verstärkte das Gefühl des Verrats, das schwer in der Luft lag. Die Lichter der Stadt flackerten und warfen gespenstische Schatten auf die Kopfsteinpflasterstraßen, auf denen Emily ging, ihre Gedanken ein verworrenes Netz aus Verwirrung und Unglauben. Noch

Stunden zuvor war sie zuversichtlich in ihrem Plan gewesen, vertraute ihren Instinkten und den Menschen, mit denen sie sich umgeben hatte. Jetzt schien alles vor ihren Augen zu zerfallen.

Emilys Gedanken spielten die Ereignisse des Abends immer wieder ab, auf der Suche nach Anzeichen, die sie vielleicht übersehen hatte. Sie hatte sich mit Jonathan, ihrem vertrauenswürdigsten Verbündeten, in dem schummrig beleuchteten Café getroffen, in dem sie immer ihre Strategien besprachen. Sein Verhalten war ungewöhnlich angespannt gewesen, aber sie hatte es dem Druck zugeschrieben, unter dem sie standen. Sie hatten unermüdlich daran gearbeitet, die Wahrheit hinter der mysteriösen Organisation aufzudecken, die scheinbar ihre Fühler in jede Ecke der Stadt ausgestreckt hatte.

Jonathan war immer der Fels gewesen, an den sie sich anlehnte, seine unerschütterliche Hingabe eine ständige Quelle des Trostes. Aber heute Nacht hatte sich etwas verändert. In dem Moment, als sich ihre Blicke trafen, spürte sie eine Veränderung, eine Kälte, die vorher nicht da gewesen war. Er hatte in abgehackten Sätzen gesprochen und ihren Blick gemieden, während er ihre nächsten Schritte skizzierte.

Erst als sie das Café verließ, begannen die Puzzleteile zusammenzufallen. Sie hatte einen anderen Weg nach Hause genommen, ihre Instinkte führten sie durch die weniger befahrenen Pfade. Da sah sie ihn—Jonathan—wie er sich mit einer in Dunkelheit gehüllten Gestalt traf. Sie hatte sich im Schatten versteckt, ihr Herz pochte, während sie sich anstrengte, ihr Gespräch zu hören. Die Worte waren gedämpft, aber der Ton war unverkennbar. Jonathan verriet sie.

Die Erkenntnis traf sie wie ein körperlicher Schlag und raubte ihr den Atem. Vertrauen, einst so solide, fühlte sich jetzt wie eine fragile Illusion an, die jenseits aller Reparatur zerbrochen war. Emily war immer stolz auf ihre Fähigkeit gewesen, Menschen zu lesen, Wahrheit von Täuschung zu unterscheiden. Aber Jonathans Verrat schnitt tiefer als jede Wunde, die sie je erlitten hatte.

Während sie weiterging, schien die Stadt um sie herum sich zu schließen, ihre einst vertrauten Straßen nun fremd und bedrohlich. Sie wusste, dass sie ihn nicht direkt konfrontieren konnte, noch nicht. Sie musste das Ausmaß seines Verrats verstehen, Beweise sammeln und ihren nächsten Schritt sorgfältig planen. Die Einsätze waren zu hoch, und jeder Fehltritt konnte den Unterschied zwischen Leben und Tod bedeuten.

Emilys Gedanken wandten sich den anderen in ihrer Gruppe zu. Wenn Jonathan sie verraten hatte, wer könnte sonst noch beteiligt sein? Paranoia nagte an ihr und ließ sie jede Interaktion, jedes Gespräch hinterfragen. Das Gewicht der Situation lastete schwer auf ihr, aber sie wusste, dass sie es sich nicht leisten konnte, zu schwanken. Sie musste fokussiert bleiben, wachsam bleiben.

Als sie ihre Wohnung erreichte, schloss Emily die Tür hinter sich ab und lehnte sich dagegen, ihr Geist raste. Sie musste einen Weg finden, Jonathan zu entlarven, ohne ihn zu warnen. Ihr Herz schmerzte wegen des Vertrauensverlustes, aber sie konnte es sich nicht leisten, darüber nachzudenken. Es stand zu viel auf dem Spiel.

In der Stille ihrer Wohnung begann Emily, einen Plan zu schmieden. Sie würde die Beweise Stück für Stück sammeln, und wenn die Zeit reif war, würde sie Jonathan mit der Wahrheit konfrontieren. Bis dahin würde sie die Rolle spielen und so tun, als hätte sich nichts geändert. Es war ein gefährliches Spiel, aber sie hatte keine andere Wahl. Der Kampf um die Wahrheit war persönlich geworden, und sie war entschlossen, ihn bis zum Ende durchzustehen.

Trost suchen

Der dichte Wald schien sich um sie herum zu schließen, jeder Schritt wurde von dem dicken Teppich aus gefallenen Blättern gedämpft. Claires Herz pochte in ihrer Brust, ihre Atemzüge kamen kurz und scharf, während sie vorwärts drängte. Das Gewicht der Welt schien auf ihren Schultern zu lasten, eine unerbittliche Erinnerung an das Chaos, das sie hinter sich gelassen hatte. Die Erinnerung an die tödliche Begegnung verfolgte jeden ihrer Gedanken, ein dunkler Schatten, der sich weigerte zu verblassen.

Sie hielt einen Moment inne und lehnte sich gegen die raue Rinde einer uralten Eiche. Deren knorrige Äste streckten sich wie skelettartige Finger aus und boten in ihrer Vertrautheit einen seltsamen Trost. Der Wald war ein Zufluchtsort, ein Heiligtum, in dem sie sich in der Umarmung der Natur verlieren konnte. Hier schien die Außenwelt fern und unbedeutend, die Probleme der Zivilisation reduzierten sich auf nichts weiter als ein fernes Echo.

Claire schloss die Augen und ließ die Geräusche des Waldes auf sich wirken. Das sanfte Rascheln der Blätter im Wind, der entfernte Ruf eines Vogels, das leise Murmeln eines nahegelegenen Baches – sie alle verschworen sich, um eine Symphonie des Friedens zu schaffen. Sie holte tief Luft, füllte ihre Lungen mit der frischen, sauberen Luft und spürte, wie sich ein Gefühl der Ruhe über sie legte.

Der Weg vor ihr war ungewiss, in Schatten und Geheimnisse gehüllt. Aber Claire wusste, dass sie nicht umkehren konnte. Die

Vergangenheit war eine geschlossene Tür, versiegelt durch die Entscheidungen, die sie getroffen hatte, und die Konsequenzen, denen sie sich nun stellen musste. Der einzige Weg nach vorne führte durch den Wald, durch das Unbekannte, durch die Dunkelheit, die vor ihr lag.

Während sie ihre Reise fortsetzte, wandten sich Claires Gedanken nach innen und reflektierten über die Ereignisse, die sie an diesen Punkt gebracht hatten. Die Konfrontation mit dem Fremden, das Aufblitzen von Stahl, das widerliche Geräusch eines Körpers, der auf den Boden aufschlägt – all das spielte sich in ihrem Kopf wie eine Szene aus einem Albtraum ab. Sie hatte instinktiv gehandelt, getrieben von einem urtümlichen Überlebensdrang. Aber die Schuld nagte an ihr, eine immerwährende Erinnerung an das Leben, das sie genommen hatte.

Der Wald schien ihre Unruhe zu spüren, seine Schatten wurden dunkler, seine Stille bedrückender. Claire beschleunigte ihren Schritt, verzweifelt bemüht, den Erinnerungen zu entkommen, die sie zu überwältigen drohten. Sie musste einen Ort finden, an dem sie sich ausruhen, ihre Gedanken sammeln und einen Weg finden konnte, weiterzumachen.

Nach gefühlten Stunden des Umherirrens stolperte sie auf eine kleine Lichtung. Das Sonnenlicht filterte durch das Blätterdach über ihr und warf einen warmen, goldenen Schein über die Szene. Ein Gefühl der Ruhe legte sich über sie, als sie ins Licht trat und die Last auf ihren Schultern sich ein wenig hob.

Claire sank zu Boden, den Rücken an einen moosbedeckten Felsen gelehnt. Sie schloss erneut die Augen und ließ sich von der Gelassenheit der Lichtung einhüllen. Hier, in diesem Moment, konnte sie ein Stückchen Frieden finden. Sie konnte Trost im Schoß der Natur suchen, in der Schönheit der Welt um sie herum.

Der Weg vor ihr war noch ungewiss, voller Gefahren und Zweifel. Aber Claire wusste, dass sie nicht zulassen konnte, dass die Vergangenheit sie definierte. Sie würde die Kraft finden, weiterzumachen, um sich den Herausforderungen zu stellen, die vor ihr lagen. Und in diesem ruhigen Moment fand sie den Entschluss, weiterzumachen, das Licht in der Dunkelheit zu suchen.

Eine Beziehung in der Krise

Sarah saß am Rand des Bettes, ihre Finger fuhren über die komplizierten Muster auf der Steppdecke, die sie mühsam für ihr erstes gemeinsames Zuhause ausgewählt hatte. Der Raum fühlte sich kälter an als sonst, trotz der Sommerhitze, die gegen die Fenster drückte. Toms Abwesenheit war spürbar, ein unsichtbares Gewicht, das auf ihrer Brust lastete und jeden Atemzug mühsam machte.

Der Streit war heftig gewesen, Worte wie Dolche, die in einem Moment von Wut und Frustration geworfen wurden. Sarah spielte die Szene in ihrem Kopf immer wieder ab, unfähig, den gespenstischen Echos ihrer erhobenen Stimmen in einem Kakophonie von Schuldzuweisungen und Verrat zu entkommen. Tom war hinausgestürmt und hatte die Tür hinter sich mit einer Endgültigkeit zugeschlagen, die durch die Wände ihrer kleinen Wohnung widerhallte.

Sie erinnerte sich an die frühen Tage ihrer Beziehung, als Lachen die Räume zwischen ihnen füllte und jede Berührung elektrisierend war. Sie waren unzertrennlich gewesen, verbunden durch eine Liebe, die unzerbrechlich schien. Aber irgendwo auf dem Weg hatten sich Risse zu zeigen begonnen. Zuerst klein, kaum bemerkbar, aber mit jedem Tag breiter und tiefer werdend.

Sarah erhob sich vom Bett und ging zum Fenster, starrte auf die Stadt darunter. Die Straßen waren voller Leben, Menschen gingen ihrem Alltag nach, nichts ahnend von dem Aufruhr, der in ihr tobte. Sie verspürte einen Stich von Neid auf ihre scheinbare Normalität, ihre unbeschwerte Existenz.

Tom war immer der geselligere von beiden gewesen, sein Charme und seine Ausstrahlung zogen die Menschen an wie Motten das Licht. Sarah hatte das an ihm bewundert, war von seinem Licht angezogen worden. Aber jetzt schien dasselbe Licht lange, dunkle Schatten über ihre Beziehung zu werfen. Sie fühlte sich unsichtbar, verloren im Glanz seiner Brillanz.

Das Geräusch der sich öffnenden Haustür erschreckte sie, und sie drehte sich um, um Tom im Türrahmen stehen zu sehen. Sein Gesicht war von einer Mischung aus Erschöpfung und Bedauern gezeichnet, der Zorn aus ihrem Streit war einer müden Resignation gewichen. Einen Moment lang starrten sie sich einfach nur an, die Stille zwischen ihnen schwer von unausgesprochenen Worten.

Tom machte einen zögerlichen Schritt nach vorne, seine Augen suchten in ihren nach einem Zeichen der Vergebung. "Sarah," begann er, seine Stimme kaum mehr als ein Flüstern. "Ich weiß, dass es schwierig war. Ich weiß, dass ich dich verletzt habe."

Sie wollte antworten, ihm sagen, wie sehr sie ihn vermisst hatte, wie sehr sie das, was zwischen ihnen zerbrochen war, wieder in Ordnung bringen wollte. Aber die Worte blieben ihr im Hals stecken, verfangen im Netz aus Schmerz und Verwirrung, das sich um ihr Herz gelegt hatte.

Tom überbrückte die Distanz zwischen ihnen, griff nach ihrer Hand. Seine Berührung war zögerlich, als ob er Angst hätte, sie könnte sich zurückziehen. "Ich liebe dich, Sarah. Ich will dich nicht verlieren."

Tränen stiegen in ihre Augen, und sie blinzelte sie weg, weigerte sich, sie fallen zu lassen. Sie wollte ihm glauben, wollte sich an die Hoffnung klammern, dass sie ihren Weg zurück zueinander finden könnten. Aber die Wunden waren noch frisch, die Narben noch nicht gebildet.

"Ich liebe dich auch, Tom," brachte sie schließlich hervor, ihre Stimme zitterte unter der Last ihrer Gefühle. "Aber wir können uns nicht weiter so verletzen. Wir müssen einen Weg finden, zu heilen."

Tom nickte, sein Griff um ihre Hand wurde fester. "Wir werden es herausfinden, Sarah. Zusammen. Wir müssen."

Als sie dort standen und sich inmitten der Trümmer ihrer Beziehung aneinander festhielten, spürte Sarah einen Hoffnungsschimmer. Er war zerbrechlich, wie eine einzelne Flamme, die im Dunkeln flackerte, aber es war genug. Für den Moment war es genug.

Kapitel 8: Auf der Suche nach Antworten

In der Vergangenheit graben

Die alte Eichentür ächzte, als sie sich öffnete und das schwach beleuchtete Innere der verlassenen Bibliothek enthüllte. Staubpartikel schwebten träge in der Luft, gestört durch das plötzliche Eindringen. Claires Herz pochte in ihrer Brust, eine Mischung aus Aufregung und Beklommenheit. Sie trat ein, ihre Finger strichen über das kühle, abgenutzte Holz des Türrahmens. Der Duft von altem Papier und Tinte erfüllte ihre Nase und versetzte sie in eine längst vergessene Zeit zurück.

Die Bibliothek war ein Labyrinth aus hoch aufragenden Bücherregalen, jedes einzelne unter dem Gewicht unzähliger Bände durchgebogen. Claires Augen durchsuchten den Raum und nahmen die verblassten Wandteppiche wahr, die die Wände schmückten, sowie die kunstvollen Kronleuchter, deren Kristalle durch jahrelange Vernachlässigung stumpf geworden waren. Sie war schon immer von solchen Orten angezogen worden, Relikten der Vergangenheit, die Geheimnisse bargen, die darauf warteten, entdeckt zu werden.

Sie ging tiefer in die Bibliothek hinein, ihre Schritte lautlos auf dem dicken Teppich. Ihre Finger juckten danach, Bücher aus den Regalen zu ziehen, um in die Geschichten und das Wissen einzutauchen, die in ihren Seiten enthalten waren. Aber heute hatte sie einen bestimmten Zweck, ein Rätsel, das gelöst werden musste. Sie griff in ihre Tasche und zog ein Foto heraus, dessen Ränder durch jahrelanges Handling abgenutzt und geknickt waren. Das Bild zeigte eine Gruppe von Menschen, die vor der Bibliothek standen, in der sie sich jetzt befand, ihre Gesichter voller Hoffnung und Entschlossenheit.

Claires Blick verweilte auf einem Gesicht, einem Mann mit stechend blauen Augen und einem selbstbewussten Lächeln. Ihr Großvater. Er war vor Jahrzehnten verschwunden und hatte nur Gerüchte und unbeantwortete Fragen hinterlassen. Das Foto war ihr einziger Hinweis, eine Verbindung zur Vergangenheit, die sie hoffte, würde sie zur Wahrheit führen.

Sie ging zu einem nahegelegenen Tisch, dessen Oberfläche mit einer dünnen Staubschicht bedeckt war. Vorsichtig legte sie das Foto ab und begann, die Umgebung zu untersuchen. Ihre Augen wurden von einem großen, ledergebundenen Buch angezogen, das offen lag, seine Seiten waren vergilbt. Der Titel war kaum lesbar, aber sie konnte die Worte "Tagebuch" und "Expedition" erkennen.

Ihr Puls beschleunigte sich, als sie die Seiten umblätterte und ihre Augen die handgeschriebenen Einträge durchsuchten. Das Tagebuch gehörte ihrem Großvater und beschrieb eine Expedition, die er vor vielen Jahren unternommen hatte. Die Einträge sprachen von alten Artefakten, versteckten Tempeln und einem Gefühl der Vorahnung, das über der gesamten Reise zu hängen schien. Claires Finger fuhren die Linien der Tinte nach, ihr Geist raste vor Möglichkeiten.

Als sie weiterlas, entdeckte sie Hinweise auf ein mysteriöses Artefakt, von dem ihr Großvater glaubte, dass es immense Macht besaß. Die Einträge wurden immer hektischer, die Handschrift immer unruhiger. Er schrieb von seltsamen Vorkommnissen, davon, beobachtet zu werden, und von einem wachsenden Gefühl der Gefahr. Der letzte Eintrag wurde abrupt abgebrochen, die Tinte verschmiert, als wäre der Schreiber unterbrochen worden.

Claires Herz schmerzte unter der Last der Entdeckung. Ihr Großvater hatte nach etwas Außergewöhnlichem gesucht, etwas, das letztendlich zu seinem Verschwinden geführt hatte. Sie wusste, dass sie seine Arbeit fortsetzen musste, um die Geheimnisse zu lüften, die er so kurz davor war zu enthüllen.

Mit neuer Entschlossenheit schloss sie vorsichtig das Tagebuch und steckte es in ihre Tasche. Die Bibliothek schien vor neuer

Energie zu summen, als ob auch sie bereit wäre, ihre Geheimnisse zu teilen. Claire warf einen letzten Blick auf das Foto, die Augen ihres Großvaters schienen sie vorwärts zu drängen. Sie straffte die Schultern und machte sich auf den Weg, bereit, sich den Herausforderungen zu stellen, die vor ihr lagen.

Hinweise aufdecken

Detective Emily Harper stand in der schwach beleuchteten Gasse, die Atmosphäre war erfüllt vom Geruch des regennassen Asphalts und dem schwachen, anhaltenden Gestank von weggeworfenem Müll. Ihre scharfen Augen durchsuchten die Szene, nahmen jedes kleinste Detail wahr, jeden Schatten, der einen Hinweis verbergen könnte. Die blinkenden roten und blauen Lichter der Polizeiwagen malten die Wände mit einem unheimlichen Glanz und warfen lange, verzerrte Schatten, die schienen, als hätten sie ein eigenes Leben.

Sie kniete sich neben den leblosen Körper des Opfers, einer jungen Frau, deren Gesicht nun mit einem dauerhaften Ausdruck von Schock und Schrecken gezeichnet war. Der frühe Morgennebel vermischte sich mit dem Rauch ihrer Zigarette und schuf einen surrealen Schleier um den Tatort. Emilys Gedanken rasten durch die Möglichkeiten, die potenziellen Verbindungen, die verborgenen Motive, die unter der

Oberfläche dessen lagen, was wie ein zufälliger Gewaltakt erschien.

Ein unerfahrener Polizist näherte sich ihr, sein Gesicht blass und seine Hände zitterten leicht. "Detective Harper, wir haben etwas gefunden," stammelte er und hielt eine kleine Beweistasche hoch. Darin befand sich ein zartes goldenes Medaillon, dessen Oberfläche von einem einzigen, tiefen Kratzer verunstaltet war. Emily nahm die Tasche, ihre Finger streiften das kühle Plastik. Sie drehte das Medaillon um und untersuchte das komplizierte Design und die Initialen, die auf der Rückseite eingraviert waren. Es war ein kleines, fast unbedeutendes Detail, aber aus ihrer Erfahrung wusste sie, dass oft die kleinsten Hinweise zu den größten Durchbrüchen führten.

"Gute Arbeit," sagte sie und nickte dem Polizisten zu. "Stellen Sie sicher, dass es zur Analyse ins Labor kommt. Ich möchte alles über dieses Medaillon wissen - wer es hergestellt hat, wo es verkauft wurde und wer es gekauft hat."

Als der Polizist eilig davonlief, stand Emily auf und holte tief Luft, während ihr Geist bereits die Bruchstücke der Informationen zusammensetzte, die sie bisher gesammelt hatte. Der Name des Opfers war Jessica Lang, eine College-Studentin ohne bekannte Feinde und einem scheinbar ereignislosen

Leben. Aber Emily wusste es besser, als die Dinge nur oberflächlich zu betrachten. Jeder hatte Geheimnisse, und es war ihre Aufgabe, sie aufzudecken.

Sie ging hinüber zum Forensik-Team, das akribisch die Gasse nach weiteren Beweisen durchkämmte. "Noch etwas?" fragte sie, ihre Stimme fest und autoritär.

Einer der Techniker, ein erfahrener Veteran namens Sam, blickte von seiner Arbeit auf. "Wir haben Spuren einer fremden Substanz an der Kleidung des Opfers gefunden. Es ist eine Art chemische Verbindung, aber wir werden nicht mehr wissen, bis wir es zurück ins Labor bringen."

Emily nickte, ihr Geist bereits voller Möglichkeiten. Die Chemikalie könnte ein entscheidender Hinweis sein, der sie zur Identität des Mörders führt oder zumindest die Liste der Verdächtigen eingrenzt. Sie wusste, dass die Zeit drängte; je länger die Untersuchung dauerte, desto kälter würde die Spur werden.

Als sie zu ihrem Auto zurückging, spielte Emily die Szene in ihrem Kopf noch einmal durch, auf der Suche nach etwas, das sie übersehen haben könnte. Das Medaillon, die Chemikalie, der verängstigte Ausdruck des Opfers - jedes Puzzleteil war entscheidend, und sie konnte es sich nicht leisten, irgendetwas zu übersehen. Sie hatte ein Bauchgefühl, dass dieser Fall komplexer war, als es den Anschein hatte, und sie war entschlossen, die Wahrheit zu finden, egal wohin sie führte.

Emily setzte sich auf den Fahrersitz, griff nach ihrem Telefon und wählte die Nummer ihres Partners, Detective Mark Thompson. "Mark, hier ist Emily. Wir haben neue Hinweise. Triff mich auf der Wache; wir müssen alles durchgehen, was wir bisher haben. Dieser Fall wird gleich viel interessanter."

Interviews und Einblicke

Detective Sarah Lawson saß in ihrem schwach beleuchteten Büro, das Summen der Stadt war durch die dicken Wände kaum hörbar. Sie starrte auf das Brett vor sich, auf dem Fotos vom Tatort, Verdächtigen-Skizzen und Opferprofile angepinnt waren. Jedes Bild und jede Notiz war ein Teil eines Puzzles, das unmöglich zu lösen schien. Der Mord an Dr. Evelyn Carter hatte die Gemeinschaft erschüttert, und der Druck, den Mörder zu finden, war immens.

Sarah beschloss, dass es an der Zeit war, weitere Interviews zu führen. Sie griff zum Telefon und wählte die Nummer von Dr. Carters engstem Kollegen, Dr. James Mitchell. Er war bisher kooperativ gewesen, aber Sarah hatte das Gefühl, dass er noch mehr zu erzählen hatte. Nach einem kurzen Gespräch vereinbarten sie, sich am nächsten Morgen in seinem Büro zu treffen.

Am folgenden Tag kam Sarah an der Universität an, an der Dr. Mitchell arbeitete. Sein Büro war mit Büchern und Papieren überladen, ein Zeugnis seiner Hingabe an seine Forschung. Dr. Mitchell begrüßte sie mit einem müden Lächeln und deutete ihr, sich zu setzen.

"Detective Lawson, was kann ich heute für Sie tun?" fragte er, seine Stimme von Müdigkeit durchzogen.

"Dr. Mitchell, ich schätze Ihre Zeit. Ich muss mehr über Dr. Carters aktuelle Projekte und mögliche Konflikte wissen, die sie gehabt haben könnte," sagte Sarah, ihr Ton fest, aber respektvoll.

Dr. Mitchell seufzte und lehnte sich in seinem Stuhl zurück. "Evelyn arbeitete an einer bahnbrechenden Studie in der Genetik. Sie stand kurz vor einem großen Durchbruch, der das Feld revolutionieren könnte. Aber mit großer Innovation kommt großer Wettbewerb. Es gab viele, die ihren Erfolg beneideten."

Sarah machte Notizen, während Dr. Mitchell sprach, ihr Geist raste vor Möglichkeiten. "Können Sie sich jemanden vorstellen, der ein Motiv gehabt haben könnte, ihr zu schaden?"

Dr. Mitchell zögerte, seine Augen huschten zur Seite. "Es gab eine Person... Dr. Linda Harris. Sie und Evelyn hatten eine Geschichte der Rivalität. Linda versuchte immer, Evelyn zu übertreffen, und ihre Meinungsverschiedenheiten wurden manchmal hitzig."

Der Name war neu für Sarah, und sie fühlte einen Hoffnungsschimmer. "Danke, Dr. Mitchell. Ich werde Dr. Harris nachgehen."

Als sie die Universität verließ, waren Sarahs Gedanken von der neuen Spur erfüllt. Sie beschloss, Dr. Harris' Labor unangekündigt zu besuchen. Das Labor befand sich in einem eleganten, modernen Gebäude, ein scharfer Kontrast zu den älteren Strukturen auf dem Campus. Als sie eintrat, wurde sie von dem sterilen Geruch von Chemikalien und dem Summen von Maschinen empfangen.

Dr. Harris war an ihrem Arbeitsplatz, ein Ausdruck intensiver Konzentration auf ihrem Gesicht. Sie blickte auf, als Sarah sich näherte, und ihr Ausdruck wechselte zu einem neugierigen. "Kann ich Ihnen helfen?" fragte sie.

"Dr. Harris, ich bin Detective Sarah Lawson. Ich untersuche den Mord an Dr. Evelyn Carter. Ich habe ein paar Fragen an Sie," sagte Sarah und beobachtete dabei aufmerksam auf Anzeichen von Schuld oder Nervosität.

Dr. Harris' Augen weiteten sich, aber sie fasste sich schnell. "Natürlich, Detective. Was möchten Sie wissen?"

Sarah begann mit ihrer Befragung und bohrte nach der Natur ihrer Rivalität und allen jüngsten Interaktionen, die sie hatten. Dr. Harris war offen, aber Sarah konnte das Gefühl nicht abschütteln, dass etwas nicht stimmte. Die Antworten waren zu einstudiert, zu perfekt.

Als das Interview beendet war, dankte Sarah Dr. Harris und verließ das Labor, ihr Kopf schwirrte vor Verdacht. Sie wusste, dass sie tiefer graben musste, um die Geheimnisse unter der Oberfläche aufzudecken. Die Wahrheit war da draußen, und sie war entschlossen, sie zu finden, egal um welchen Preis.

Das Puzzle zusammensetzen

In den schwach beleuchteten Grenzen seines Arbeitszimmers saß Detective Marcus Kane über einen überfüllten Schreibtisch gebeugt, das sanfte Leuchten der Schreibtischlampe warf lange Schatten durch den Raum. Die Wände waren mit Fotografien, Karten und Notizen tapeziert, jedes Stück ein Fragment des Rätsels, das er seit Wochen entwirrte. Der Duft von alten Büchern und abgestandenem Kaffee durchdrang die Luft, ein Zeugnis der unzähligen Stunden, die er auf der Suche nach der Wahrheit verbracht hatte.

Eine halb leere Tasse Kaffee stand neben ihm, ihr Inhalt längst kalt geworden. Er nahm einen Schluck, verzog das Gesicht wegen der Bitterkeit, begrüßte aber den Schub an Wachsamkeit, den er ihm verschaffte. Seine Augen huschten über die Vielzahl von Beweisen, jedes Stück ein Hinweis in dem verwirrenden Fall, der die Stadt in Atem hielt—eine Reihe scheinbar nicht zusammenhängender Morde, jeder rätselhafter als der letzte.

Das erste Opfer, eine wohlhabende Society-Lady, war in ihrem prunkvollen Penthouse gefunden worden, ihr lebloser Körper mit makabrer Präzision arrangiert. Der zweite, ein Obdachloser, wurde in einer dunklen Gasse entdeckt, seine Habseligkeiten unberührt. Der dritte, ein renommierter Professor, war in seinem Büro gefunden worden, umgeben von verstreuten Papieren und zerbrochenem Glas. Jede Szene trug das gleiche erschreckende Kennzeichen: eine einzelne rote Rose, die zart neben dem Opfer platziert war.

Marcus' Gedanken rasten, während er die Details überprüfte und nach dem Faden suchte, der diese unterschiedlichen Leben verband. Er nahm ein Foto des neuesten Opfers auf, einer jungen Künstlerin, deren lebendige Gemälde die Fantasie der Stadt eingefangen hatten. Ihr Atelier war verwüstet worden, ihr neuestes Meisterwerk in Stücke gerissen, doch nichts von Wert war gestohlen worden. Die Rose war, wie immer, anwesend, ein stummer Zeuge des Gemetzels.

Er lehnte sich in seinem Stuhl zurück und fuhr sich mit der Hand durch das zerzauste Haar. Die Teile waren da, dessen war er sich sicher, aber sie weigerten sich, zusammenzupassen. Er schloss die Augen, ließ seine Gedanken schweifen und hoffte, dass eine neue Perspektive das Muster offenbaren könnte, das er suchte.

Während er nachdachte, tauchte eine Erinnerung auf—ein Gespräch mit einem alten Kollegen, jetzt im Ruhestand, aber einst ein brillanter Detektiv. "Manchmal, Marcus, liegt die Antwort nicht in dem, was da ist, sondern in dem, was fehlt," hatte der alte Mann gesagt, seine Augen funkelten mit der Weisheit von Jahren, die er damit verbracht hatte, Schatten zu jagen.

Marcus' Augen rissen auf. Was fehlte? Er durchsuchte die Beweise erneut, diesmal auf der Suche nach den Lücken, den Abwesenheiten, die lauter sprechen könnten als die physischen Hinweise. Sein Blick fiel auf die Tatortfotos, die akribische Anordnung jedes Opfers. Es gab eine Symmetrie, ein Gleichgewicht im Chaos. Jede Rose wurde sorgfältig platziert, nicht zufällig, sondern mit Absicht.

Er griff nach einem Notizbuch und begann zu skizzieren, die Positionen der Körper, der Rosen, der umliegenden Objekte zu kartieren. Muster tauchten auf, Verbindungslinien, die ihm zuvor entgangen waren. Die Opfer wurden nicht zufällig ausgewählt; sie waren Teil eines größeren Plans, eines verdrehten Meisterwerks, das von einem Geist geschaffen wurde, der ebenso brillant wie bösartig war.

Die Erkenntnis traf ihn wie ein Donnerschlag. Der Mörder war ein Künstler, der menschliche Leben als seine Leinwand benutzte, jeder Mord ein Strich in einem dunklen, verrückten Kunstwerk. Die Rosen waren nicht nur Visitenkarten; sie waren Unterschriften, Erklärungen des Besitzes über das grausige Tableau.

Marcus' Herz pochte mit erneuter Dringlichkeit. Er war nah dran, so nah daran, den Verstand hinter den Morden zu verstehen. Er wusste jetzt, dass er nicht nur einen Mörder jagte; er beschäftigte sich mit einem Künstler, dessen nächstes Werk nur Momente entfernt sein könnte. Die Uhr tickte, und er musste das letzte Stück entschlüsseln, bevor das nächste Opfer fiel.

Eine neue Spur

Detective Laura Martinez rieb sich die Schläfen und spürte das Gewicht des Falls, das auf ihr lastete. Das schwach beleuchtete Büro schien die Spannung, die sich seit Wochen aufgebaut hatte, zu verstärken. Der Mord an Emily Thompson hatte das gesamte Revier in Alarmbereitschaft versetzt, und jede Spur, der sie bisher gefolgt waren, hatte in Sackgassen geführt. Emilys Familie war verzweifelt auf der Suche nach Antworten, und Laura spürte den Druck ihrer Erwartungen mit jeder vergehenden Stunde.

Ihr Partner, Detective Jake Thompson, saß ihr gegenüber, sein Gesicht von Frustration gezeichnet. "Wir haben die Akten hundertmal durchgesehen, Laura. Uns entgeht etwas."

Laura nickte, ihre Augen scannten den überladenen Schreibtisch. Die Fallakten, Fotos und Notizen lagen vor ihr ausgebreitet wie ein chaotisches Puzzle. "Ich weiß, Jake. Da muss etwas sein, das wir übersehen."

In diesem Moment unterbrach ein leises Klopfen an der Tür ihre Gedanken. Officer Kelly Stevens steckte den Kopf herein, ihr Ausdruck vorsichtig. "Detectives, da ist jemand, der Sie sehen möchte. Er sagt, er habe Informationen über Emily Thompson."

Lauras Herz setzte einen Schlag aus. Jede neue Information könnte der Durchbruch sein, den sie verzweifelt brauchten. "Schick ihn rein, Kelly."

Ein paar Augenblicke später betrat ein Mann Ende dreißig den Raum. Er hatte eine nervöse Energie, seine Augen huschten umher, als ob er Angst hätte, jemand könnte ihn beobachten. Er stellte sich als Michael Harris vor, ein ehemaliger Kollege von Emily aus ihrer Zeit bei dem Tech-Startup.

"Ich wusste nicht, wohin ich sonst gehen sollte," begann Michael, seine Stimme zitterte leicht. "Ich habe von Emilys Mord gehört und konnte das nicht länger für mich behalten."

Laura beugte sich vor, ihr Interesse war geweckt. "Was haben Sie für uns, Mr. Harris?"

Michael holte tief Luft und sammelte seine Gedanken. "Emily und ich haben an einem Projekt zusammengearbeitet, einem hochvertraulichen. Sie vertraute mir an, dass sie etwas Beunruhigendes entdeckt hatte, etwas, das ihr Angst um ihr Leben machte."

Jake hob eine Augenbraue. "Von welcher Art von Projekt sprechen wir?"

"Es war eine Cybersicherheitsinitiative," erklärte Michael. "Wir entwickelten fortschrittliche Verschlüsselungssoftware. Emily fand Beweise dafür, dass jemand versuchte, in unsere Systeme einzudringen, jemand mit vielen Ressourcen und einer gefährlichen Agenda. Sie glaubte, es sei ein Insider-Job."

Laura spürte einen Adrenalinstoß. Dies war der erste konkrete Hinweis, den sie seit Tagen erhalten hatten. "Hat sie irgendwelche Namen erwähnt? Jemanden, den sie verdächtigte?"

Michael schüttelte den Kopf. "Nein, sie hatte zu viel Angst, um viel zu sagen. Aber sie erwähnte, dass sie einige Dateien versteckt hatte, Beweise für den Verstoß. Sie sagte, wenn ihr etwas zustoßen würde, würden diese Dateien alles aufdecken."

"Wo sind diese Dateien?" fragte Jake, seine Stimme drängend.

Michael zögerte und blickte sich um, als ob er befürchtete, belauscht zu werden. "Sie hat es mir nicht direkt gesagt, aber sie deutete an, dass sie irgendwo sicher seien, irgendwo, wo nur sie nachsehen würde. Ich denke, sie könnte sie in ihrer Wohnung versteckt haben, aber ich bin mir nicht sicher."

Laura tauschte einen Blick mit Jake. Das war der Durchbruch, den sie brauchten. "Danke, Mr. Harris. Sie waren sehr hilfreich. Wir übernehmen ab hier."

Als Michael ging, fühlte Laura einen erneuten Sinn für Entschlossenheit. Emilys Wohnung war bereits durchsucht worden, aber jetzt hatten sie einen konkreten Zweck. Sie mussten diese Dateien finden, und zwar schnell. Die Teile des Puzzles begannen sich zusammenzufügen, und Laura konnte spüren, wie sich der Schwung zu ihren Gunsten verlagerte.

Sie stand auf und griff nach ihrem Mantel. "Los geht's, Jake. Wir haben eine Wohnung zu durchsuchen."

Kapitel 9: Die Untersuchung

Der Spur folgen

Der Wald war dicht und unheimlich, mit dem Mond, der gespenstische Schatten durch das Blätterdach warf. Detective Laura Bennett trat vorsichtig vor, ihre Taschenlampe durchdrang die Dunkelheit. Der Anruf war kurz nach Einbruch der Dunkelheit eingegangen – ein Wanderer war tief in diesen Wäldern auf eine grausige Entdeckung gestoßen. Als sie weiterging, schien die Kälte in ihre Knochen zu dringen und verstärkte ihr Gefühl der Unruhe.

Lauras Gedanken rasten, als sie die wenigen Details, die sie bisher hatte, zusammensetzte. Eine Leiche, teilweise vergraben, mit Anzeichen eines Kampfes. Das Opfer, eine junge Frau in den Zwanzigern, war vor einer Woche verschwunden. Ihr Verschwinden hatte das kleine Städtchen Millfield erschüttert, wo jeder jeden kannte. Laura hatte unermüdlich an dem Fall gearbeitet, aber jede Spur hatte in eine Sackgasse geführt—bis jetzt.

Die Spur war schwach, fast nicht wahrnehmbar, aber Laura hatte ein scharfes Auge für Details. Gebrochene Zweige, gestörtes Unterholz und gelegentliche Fußabdrücke im weichen

Boden leiteten ihre Schritte. Sie hielt einen Moment inne und lauschte den Geräuschen des Waldes. Das Rascheln der Blätter, das entfernte Huhuen einer Eule und das rhythmische Zirpen der Grillen standen in scharfem Kontrast zur Stille, die den Tatort umgab.

Während sie weiterging, schweiften Lauras Gedanken zu dem Opfer, Emily Sanders. Eine strahlende junge Frau mit einer vielversprechenden Zukunft, Emily war von ihren Freunden und ihrer Familie geliebt worden. Ihr Verschwinden hatte eine Lücke in der Gemeinschaft hinterlassen, ein spürbares Gefühl des Verlustes, das wie eine dunkle Wolke über Millfield hing. Laura fühlte eine tiefe Verantwortung, Emilys Mörder zur Rechenschaft zu ziehen.

Der Strahl ihrer Taschenlampe erfasste etwas, das im Unterholz glitzerte. Laura kniete sich hin, schob Blätter und Dreck beiseite und enthüllte eine zarte Silberkette, deren Anhänger die Form eines kleinen Herzens hatte. Sorgfältig verpackte sie die Beweise, während ihr Geist bereits vor Fragen raste. Hatte Emily dies getragen, als sie entführt wurde? Oder war es absichtlich hier gelassen worden, ein höhnischer Hinweis des Mörders?

Laura umklammerte die Taschenlampe fester, während sie weitermachte, ihre Sinne geschärft. Sie wusste, dass sie näher kam. Der Wald schien sich um sie herum zu schließen, die Bäume ragten wie stille Wächter empor. Sie konnte fast das Gewicht unsichtbarer Augen spüren, die jede ihrer Bewegungen beobachteten.

Plötzlich fühlte sich der Boden unter ihren Füßen anders an—weicher, gestört. Laura hockte sich hin, ihre Taschenlampe enthüllte ein flaches Grab, das teilweise von lockerer Erde und Blättern bedeckt war. Ihr Herz pochte, als sie die Szene aufnahm, die Realität von Emilys Schicksal traf sie mit voller Wucht. Sie meldete ihren Standort, wissend, dass das Forensik-Team jeden Zentimeter dieses Gebiets durchsuchen müsste.

Während sie auf Verstärkung wartete, wandten sich Lauras Gedanken dem Mörder zu. Wer könnte das getan haben? Was für eine Person könnte das Leben eines so jungen, so vielversprechenden Menschen nehmen? Die Fragen nagten an ihr und stärkten ihren Entschluss. Sie wusste, dass dies erst der Anfang war. Der Weg, dem sie folgte, war voller Gefahren und Ungewissheiten, aber sie war entschlossen. Sie würde die Wahrheit aufdecken, egal wohin sie führte.

Das Geräusch nähernder Schritte riss sie aus ihren Gedanken. Ihr Team war angekommen, bereit, den mühsamen Prozess der Beweissicherung zu beginnen. Laura stand auf und ließ ihren Blick durch den dunklen Wald schweifen. Irgendwo da draußen beobachtete und wartete ein Mörder. Und sie war bereit, ihn zu jagen.

Unerwartete Verbündete

Die Nacht war voller Spannung, die Art, die einem den Rücken hinaufkriecht und von unsichtbaren Gefahren flüstert. Der Mond hing tief und warf gespenstische Schatten, die über die Kopfsteinpflasterstraßen tanzten. Jeder Schritt hallte wider, eine Erinnerung an die Isolation, die jede Ecke der Stadt umklammerte.

Elena bewegte sich schnell, ihre Augen huschten von Schatten zu Schatten, immer wachsam. Das Leder ihrer Jacke knarrte leise, als sie ihren Griff um den kleinen, versteckten Dolch anpasste. Sie war schon immer ein Einzelgänger gewesen, der sich nur auf sich selbst verließ. Vertrauen war ein Luxus, den sie sich nicht leisten konnte, nicht in einer Welt, in der Verrat eine gängige Währung war.

Die Gasse vor ihr schien dunkler als der Rest, ein Abgrund, der drohte, sie zu verschlingen. Sie zögerte, spürte das Gewicht unsichtbarer Augen auf sich. Jeder Instinkt schrie, dass sie umkehren sollte, aber sie ging weiter, getrieben von einem Bedürfnis, das größer war als ihre Angst.

Als sie in die Dunkelheit trat, tauchte eine Gestalt aus den Schatten auf, groß und imposant. Elena's Herz raste, ihre Hand umklammerte instinktiv den Griff ihres Dolches. Die Gestalt hob eine Hand, eine Geste des Friedens, aber Elena war nicht bereit, ihre Wachsamkeit aufzugeben.

"Wer bist du?" verlangte sie, ihre Stimme fest trotz des Adrenalins, das durch ihre Adern schoss.

"Jemand, der helfen kann," antwortete die Gestalt und trat ins schummrige Licht. Sein Gesicht war teilweise von einer Kapuze verdeckt, aber es lag eine Vertrautheit in der Luft. "Du bist nicht der Einzige, der nach Antworten sucht."

Elena verengte die Augen, Misstrauen zeichnete sich auf ihrem Gesicht ab. "Warum sollte ich dir vertrauen?"

"Weil wir einen gemeinsamen Feind haben," sagte er, seine Stimme leise und ernst. "Und weil die Zeit knapp wird."

Die Worte hingen schwer in der Luft, voller Bedeutung. Elena musterte ihn und wog ihre Optionen ab. Sie kannte die Risiken, einem Fremden zu vertrauen, aber sie wusste auch um die Gefahren, ihren Gegnern allein gegenüberzustehen.

"In Ordnung," sagte sie und lockerte ihren Griff leicht. "Aber wenn du irgendetwas versuchst, wirst du es bereuen."

Ein schwaches Lächeln zuckte an seinem Mundwinkel, und er nickte. "Einverstanden. Mein Name ist Marcus."

Elena nannte ihren Namen nicht, aber Marcus drängte nicht. Stattdessen deutete er ihr, ihm zu folgen. Sie bewegten sich durch die labyrinthartigen Straßen, ihre Schritte verschmolzen mit den Umgebungsgeräuschen der Stadt.

Während sie gingen, sprach Marcus in gedämpften Tönen und enthüllte Informationsfragmente, die das größere Puzzle zusammensetzten. Er sprach von geheimen Treffen, geflüsterten Plänen und einem Netz der Täuschung, das weit über das hinausging, was Elena sich vorgestellt hatte.

Zum ersten Mal seit langer Zeit verspürte Elena einen Funken Hoffnung. Marcus' Wissen war von unschätzbarem Wert, und seine Motive, obwohl noch unklar, schienen mit ihren eigenen übereinzustimmen. Sie erreichten ein altes, verlassenes Lagerhaus, dessen Fenster zerbrochen und Wände von der Zeit gezeichnet waren.

Drinnen wartete eine kleine Gruppe, deren Gesichter eine Mischung aus Entschlossenheit und Vorsicht zeigten. Marcus stellte sie nacheinander vor, jeder besaß eine einzigartige Fähigkeit, die in den kommenden Kämpfen von entscheidender Bedeutung sein würde.

Elena holte tief Luft und spürte das Gewicht des Augenblicks. Sie war nicht mehr allein auf ihrer Suche. Diese unerwarteten Verbündeten, vereint durch ein gemeinsames Ziel, boten eine neue Art von Stärke. In ihren Augen sah sie dieselbe Entschlossenheit, die auch in ihrem eigenen Herzen brannte.

Gemeinsam würden sie den Gefahren entgegentreten, die vor ihnen lagen, vereint durch ein zerbrechliches, aber mächtiges Bündnis.

Gefährliche Entdeckungen

Die Luft im Raum war von Spannung erfüllt, als Dr. Evelyn Carter ihre Brille zurechtrückte, ihre Finger zitterten leicht. Sie hatte unzählige Stunden damit verbracht, die alten Manuskripte zu durchforsten, deren brüchige Seiten Geheimnisse einer längst vergessenen Zeit flüsterten. Ihre Kollegen an der Universität hatten die Texte als bloße Mythen abgetan, aber Evelyn spürte, dass mehr dahintersteckte, als es den Anschein hatte.

An jenem Morgen war ein merkwürdiges Artefakt an ihrer Türschwelle angekommen, eingewickelt in Schichten von Stoff und braunem Papier. Der Absender war anonym, aber die beigefügte Notiz war eindeutig: "Dies hält den Schlüssel zu Ihrer Forschung. Vorsichtig behandeln." Neugierig und vorsichtig hatte Evelyn das Paket sorgfältig ausgepackt und eine kleine, kunstvoll geschnitzte Steintafel enthüllt. Seine Oberfläche war mit einer unbekannten Schrift bedeckt, anders als alles, was sie zuvor gesehen hatte.

Evelyns Herz raste, als sie die Tafel unter das Vergrößerungsglas legte. Die Symbole schienen sich zu bewegen und zu schimmern, als wären sie von einer uralten Energie erfüllt. Sie skizzierte schnell die Markierungen in ihr Notizbuch, ihr Geist raste vor Möglichkeiten. Könnte dies der Durchbruch sein, den sie gesucht hatte?

Während sie bis spät in die Nacht arbeitete, wurde die Stille im Labor nur gelegentlich durch das Rascheln von Papier und das Summen der Leuchtstofflampen unterbrochen. Jede Textzeile, die sie entschlüsselte, führte zu weiteren Fragen und zog sie tiefer in ein Labyrinth des Geheimnisses. Das Manuskript sprach von einer verlorenen Zivilisation, die auf Wissen und Macht jenseits des zeitgenössischen Verständnisses gediehen war. Sie hatten Wunder der Technologie und Magie erschaffen, aber ihr Ehrgeiz hatte letztendlich zu ihrem Untergang geführt.

Evelyns Aufregung wurde durch ein wachsendes Gefühl der Unruhe gedämpft. Die Texte deuteten auf ein mächtiges Artefakt hin, das zu unvorstellbaren Taten fähig war, aber auch zu großer Zerstörung. Die Warnungen waren klar: "Diejenigen, die das Artefakt suchen, müssen sich in Acht nehmen, denn es besitzt die Macht, die Welt zu verändern, zum Besseren oder Schlechteren."

Am folgenden Tag präsentierte Evelyn ihre Erkenntnisse ihrem Mentor, Professor James Hawthorne. Seine Reaktion war eine Mischung aus Skepsis und Faszination, seine grauen Augen verengten sich, als er die Tafel untersuchte. "Das ist außergewöhnlich, Evelyn," gab er zu, "aber wir müssen vorsichtig vorgehen. Solche Entdeckungen haben die Angewohnheit, unerwünschte Aufmerksamkeit auf sich zu ziehen."

Seine Worte erwiesen sich als prophetisch. Innerhalb einer Woche wurde Evelyns Büro verwüstet, ihre Notizen verstreut und die Tafel fehlte. Panik ergriff sie, als sie die Schwere der Situation erkannte. Wer auch immer die Tafel genommen hatte, kannte ihren Wert und ihr Potenzial.

Entschlossen, sie zurückzuholen, begann Evelyn ihre eigene Untersuchung und verfolgte die Ursprünge der Tafel durch ein Netzwerk von Schwarzmarkthändlern und zwielichtigen Gestalten. Jede Spur brachte sie näher an eine Wahrheit, der sie nicht gewachsen war. Das Artefakt war nicht nur ein Relikt der Vergangenheit; es wurde von mächtigen Entitäten gesucht, die vor nichts zurückschrecken würden, um seine Macht zu nutzen.

Ihre Reise führte sie zu abgelegenen, vergessenen Orten, an denen die Grenzen zwischen Mythos und Realität verschwammen. Als sie tiefer eintauchte, deckte Evelyn eine Verschwörung auf, die sich über Jahrhunderte erstreckte und geheime Gesellschaften und verborgene Agenden umfasste. Das Gewicht ihrer Entdeckung lastete schwer auf ihren Schultern, aber sie wusste, dass sie nicht umkehren konnte.

In einem abgelegenen Kloster, hoch in den Bergen, fand Evelyn schließlich einen Hinweis, der auf den aktuellen Standort des Artefakts hinwies. Die Mönche, Hüter des alten Wissens, sprachen von einer verborgenen Kammer, in der das Artefakt vor denen sicher aufbewahrt wurde, die seine Macht missbrauchen würden. Mit einer Mischung aus Hoffnung und Angst bereitete sich Evelyn auf die letzte Etappe ihrer Suche vor, wohl wissend, dass der Weg vor ihr voller Gefahren und Ungewissheiten war.

Ein Wettlauf gegen die Zeit

Die Sonne tauchte unter den Horizont und warf lange Schatten über den dichten Wald. Die Luft war dick vor Spannung, jedes Rascheln der Blätter eine Erinnerung an die Gefahr, die in der Dunkelheit lauerte. Detective Laura Martinez warf einen Blick auf ihre Uhr, die Dringlichkeit der Situation lastete schwer auf ihrem Geist. Die Zeit verstrich schneller, als sie es bewältigen konnte, und sie wusste, dass jede Sekunde zählte.

Lauras Herz pochte, als sie das unwegsame Gelände durchquerte, ihre Taschenlampe schnitt durch die hereinbrechende Nacht. Die Hinweise hatten sie hierher geführt, in diesen abgelegenen Teil des Waldes, wo das vermisste Kind vermutet wurde. Sie konnte immer noch die unheimliche Stimme des Entführers hören, der sie am Telefon verhöhnte, das eisige Versprechen, dass es zu spät sein würde, wenn sie das Kind nicht bis Mitternacht finden würde.

Ihr Geist raste durch die Details des Falls. Der Entführer war akribisch gewesen und hatte gerade genug Beweise hinterlassen, um sie auf diese wilde Jagd zu führen. Aber Laura war entschlossen, ihr Entschluss war durch den Gedanken an das unschuldige Leben, das auf dem Spiel stand, gestärkt. Sie hatte zu viele Fälle gesehen, die in Tragödien endeten; dieser würde nicht dazu gehören.

Ein plötzliches Geräusch riss sie aus ihren Gedanken. Laura erstarrte, ihre Sinne waren geschärft. Sie scannte die Gegend, der Strahl ihrer Taschenlampe tanzte über die Bäume. Da war es wieder—ein schwaches Weinen, fast übertönt von den Geräuschen des Waldes. Sie bewegte sich schnell, ihre Instinkte führten sie zur Quelle.

Der Pfad wurde enger, das Unterholz dichter. Laura drängte sich durch, ihr Atem kam in kurzen, entschlossenen Stößen. Die Schreie wurden lauter, verzweifelter. Sie konnte das Adrenalin durch ihre Adern spüren, das sie vorwärts trieb. Sie musste das Kind erreichen, bevor es zu spät war.

Endlich brach sie durch das dichte Laubwerk in eine kleine Lichtung. Dort, an einen Baum gekauert, war das Kind, die Augen weit aufgerissen vor Angst. Erleichterung überkam Laura, aber sie wusste, dass die Gefahr noch nicht vorbei war. Sie näherte sich vorsichtig, den Bereich nach Anzeichen des Entführers absuchend.

"Hey, es ist okay," flüsterte Laura und kniete sich neben das Kind. "Ich bin hier, um dich nach Hause zu bringen."

Das Kind schaute zu ihr auf, Tränen liefen über das Gesicht. Lauras Herz schmerzte bei dem Anblick, aber sie bewahrte ihre Fassung. Sie nahm sanft die Hand des Kindes, bereit, es in Sicherheit zu führen.

Eine plötzliche Bewegung erregte ihre Aufmerksamkeit. Laura drehte sich um, ihr Taschenlampe beleuchtete die Gestalt des Entführers, der aus den Schatten auftauchte. Das Gesicht des Mannes verzog sich zu einem finsteren Grinsen, ein Messer blitzte in seiner Hand.

"Sie sind zu spät, Detective," höhnte er.

Lauras Griff um die Taschenlampe verstärkte sich, ihr Verstand raste nach einer Lösung. Sie musste das Kind schützen und den Entführer festnehmen, aber die Chancen standen gegen sie. Der Mann machte einen Schritt nach vorne, und Laura wusste, dass sie schnell handeln musste.

Mit einer schnellen Bewegung warf sie die Taschenlampe auf den Entführer, der vorübergehend geblendet wurde. Sie schnappte sich das Kind und rannte in Richtung der Bäume, ihr Herz hämmerte in ihrer Brust. Die wütenden Rufe des Entführers hallten hinter ihnen, aber Laura schaute nicht zurück.

Sie trieb sich bis an ihre Grenzen, getrieben von dem Bedürfnis, das Kind zu retten. Der Wald schien endlos, jeder Schritt ein Kampf gegen die hereinbrechende Dunkelheit. Aber Laura weigerte sich aufzugeben. Sie konnte das schwache Leuchten der Scheinwerfer ihres Autos in der Ferne sehen, ein Leuchtfeuer der Hoffnung.

Mit einem letzten Energieschub erreichte sie das Auto und zog das Kind auf den Beifahrersitz. Sie schlug die Tür zu, ihre Hände zitterten, als sie den Motor startete. Die Gestalt des Entführers erschien im Rückspiegel, aber Laura zögerte nicht.

Sie raste davon, die Straße vor ihr wurde von den Scheinwerfern erleuchtet.

Als der Wald in die Ferne rückte, erlaubte sich Laura einen Moment der Erleichterung. Das Kind war in Sicherheit, und der Albtraum war vorbei. Aber sie wusste, dass der Kampf um Gerechtigkeit noch lange nicht vorbei war. Der Entführer würde gefasst werden, und er würde für seine Verbrechen bezahlen. Für den Moment konzentrierte sich Laura jedoch auf die Straße, das Gewicht der Ereignisse der Nacht lastete auf ihr.

Offenbarungen und Risiken

Das Mondlicht filterte durch die rissigen Fenster und warf einen unheimlichen Schein über den Raum. Schatten tanzten an den Wänden und schufen ein beunruhigendes Spiel von Licht und Dunkelheit. Sophia saß am Rand des Bettes, ihre Finger zitterten, als sie den Brief umklammerte, den sie unter den Dielen gefunden hatte. Jedes Wort auf dem vergilbten Papier schien ein eigenes Leben zu pulsieren, Geheimnisse enthüllend, die lange begraben waren.

Ihr Herz pochte in ihrer Brust, als sie die Zeilen erneut las, jede Enthüllung schockierender als die vorherige. Der Brief war von ihrer Mutter, geschrieben Jahre bevor Sophia geboren wurde, und beschrieb eine heimliche Affäre mit einem Mann, dessen

Name ihr einen Schauer über den Rücken jagte. Dieser Mann, erkannte sie, war derselbe, der sie in den letzten Monaten verfolgt hatte. Die Verbindung war unbestreitbar, und die Implikationen waren erschreckend.

Sophias Gedanken rasten, als sie versuchte, die Fragmente der Vergangenheit ihrer Mutter mit der gegenwärtigen Gefahr, der sie ausgesetzt war, zusammenzusetzen. Wie hatte dieser Mann ihre Identität herausgefunden? Was wollte er von ihr? Die Antworten schienen ihr zu entgleiten, wie Sand durch ihre Finger zu rinnen. Ihr wurde übel, als sie die Möglichkeit in Betracht zog, dass ihr ganzes Leben auf Lügen aufgebaut war.

Das Geräusch von Schritten im Flur holte sie in die Realität zurück. Sie stopfte den Brief schnell in ihre Tasche und stand auf, ihre Augen huschten zur Tür. Die Schritte wurden lauter, entschlossener, und sie konnte fühlen, wie ihr Puls schneller wurde. Sie wusste, dass sie schnell handeln musste, wenn sie überleben wollte.

Als die Tür knarrend aufging, griff Sophia nach dem nächstgelegenen Gegenstand—einem schweren Kerzenständer—und hielt ihn fest in ihrer Hand. Die Gestalt, die den Raum betrat, war in Dunkelheit gehüllt, aber sie konnte das Glitzern eines Messers in seiner Hand erkennen. Ihr Atem stockte, als sie die Schwere der Situation erkannte. Sie war allein, verletzlich und stand einer Bedrohung gegenüber, die sie kaum begreifen konnte.

Mit einem plötzlichen Adrenalinstoß stürzte sich Sophia nach vorne und schwang den Kerzenständer mit aller Kraft. Der Mann taumelte zurück, überrascht von ihrem unerwarteten Angriff. Sie nutzte die Gelegenheit, an ihm vorbei und aus dem Raum zu rennen, ihr Herz pochte in ihren Ohren. Der Flur schien sich endlos zu erstrecken, jeder Schritt hallte wie ein Trommelschlag des drohenden Unheils.

Sie konnte die Schritte des Mannes hinter sich hören, die mit jeder Sekunde näher kamen. Panik durchströmte ihre Adern, als sie die Treppe erreichte, ihren einzigen Fluchtweg. Sie nahm die Stufen zwei auf einmal, ihre Beine brannten vor Anstrengung. Die Haustür war in Sichtweite, ein Leuchtfeuer der Hoffnung in der Dunkelheit.

Gerade als sie nach dem Türknauf griff, packte eine Hand ihre Schulter und zog sie mit einer Kraft zurück, die sie fast von den Füßen riss. Sie drehte sich um, um ihrem Verfolger ins Gesicht zu sehen, ihre Augen weit aufgerissen vor Angst. Das Gesicht des Mannes war von Schatten verdeckt, aber seine Stimme war unverkennbar.

"Du kannst deinem Schicksal nicht entkommen, Sophia," flüsterte er, sein Griff wurde fester. "Die Wahrheit wird dich immer finden."

In diesem Moment wusste Sophia, dass ihr Leben nie wieder dasselbe sein würde. Die Enthüllungen über die Vergangenheit ihrer Mutter hatten eine Kette von Ereignissen in Gang gesetzt, die sie nicht kontrollieren konnte. Die Risiken waren groß, aber sie war entschlossen, die Wahrheit ans Licht zu bringen, egal um welchen Preis. Mit einem Schub an Entschlossenheit riss sie sich aus dem Griff des Mannes und riss die Tür auf, bereit, sich dem zu stellen, was vor ihr lag.

Kapitel 10: Der Vergangenheit ins Auge sehen

Dämonen konfrontieren

Der Wind heulte durch die engen Gassen und trug eine beißende Kälte mit sich, die selbst durch die dickste Kleidung zu dringen schien. Die Stadt war in einen Mantel der Dunkelheit gehüllt, die Art von Dunkelheit, die jeden Schatten bedrohlicher und jedes Geräusch unheilvoller erscheinen ließ. Es war die Art von Nacht, die die Menschen dazu brachte, ihre Türen zu verriegeln und ihre Vorhänge fest zuzuziehen, in der Hoffnung, die Gefahren der Welt fernzuhalten.

Elena stand am Rand der Gasse, ihr Atem war in der eisigen Luft sichtbar. Sie war schon oft hier gewesen, aber heute Nacht fühlte es sich anders an. Ihr Herz pochte in ihrer Brust, ein rhythmisches Erinnern an die Angst, die sie so sehr zu unterdrücken versuchte. Sie hatte eine Mission, einen Zweck, und es gab jetzt kein Zurück mehr.

Der Brief war vor zwei Tagen angekommen, in der toten Nacht unter ihrer Tür hindurchgeschoben. Er war knapp und auf den Punkt gebracht, aber seine Implikationen waren klar. Jemand wusste von ihrer Vergangenheit, von den Dingen, die sie so sehr zu vergessen versucht hatte. Die Worte auf der Seite waren eine Vorladung, ein Ruf, sich den Dämonen zu stellen, vor denen sie jahrelang davongelaufen war.

Sie holte tief Luft und rüstete sich für das, was vor ihr lag. Die Gasse erstreckte sich vor ihr, ein schmaler Pfad, flankiert von hohen, zerfallenden Gebäuden, die sich nach innen zu neigen schienen, als ob sie das Licht fernhalten wollten. Sie bewegte sich vorwärts, jeder Schritt hallte in einem gespenstischen Takt von den Wänden wider.

Die Erinnerungen kamen zurück, ungebeten und unerwünscht. Sie sah die Gesichter derer, die sie verloren hatte, hörte die Schreie, die ihre Träume immer noch verfolgten. Das Gewicht ihrer Vergangenheit war eine schwere Last, die drohte, sie unter ihrem unerbittlichen Druck zu zerquetschen. Aber sie musste weitermachen. Sie musste Antworten finden.

Als sie das Ende der Gasse erreichte, tauchte eine Gestalt aus den Schatten auf. Groß und imposant, war der Mann ein Geist aus ihrer Vergangenheit, eine Erinnerung an das Leben, das sie so sehr zu verlassen versucht hatte. Seine Augen waren kalt, berechnend, und ein grausames Lächeln spielte an den Ecken seines Mundes.

"Elena," sagte er, seine Stimme ein tiefes, bedrohliches Knurren. "Es ist lange her."

Sie straffte ihre Schultern und weigerte sich, ihm die Angst zu zeigen, die an ihrem Inneren nagte. "Was willst du?" verlangte sie, ihre Stimme fest trotz des inneren Aufruhrs.

Er machte einen Schritt näher, seine Präsenz überwältigend. "Du weißt, was ich will," sagte er. "Es ist Zeit, alte Rechnungen zu begleichen."

Die Worte hingen in der Luft, schwer mit dem Gewicht unausgesprochener Geschichte. Sie wusste, dass diese Konfrontation unvermeidlich war, dass es der einzige Weg war, wirklich voranzukommen. Aber der Weg vor ihr war voller Gefahren, und das Ergebnis war alles andere als sicher.

Sie schaute sich um und nahm ihre Umgebung in sich auf. Die Gasse war eine Sackgasse und bot keinen Ausweg. Sie war gefangen, wie ein wildes Tier in die Enge getrieben. Aber sie war nicht ohne ihre eigenen Stärken, ihre eigenen Ressourcen. Sie hatte schon Schlimmeres überstanden und überlebt.

Mit all ihrem Mut sah sie ihm direkt in die Augen. "Ich bin nicht mehr die gleiche Person wie früher," sagte sie. "Und ich habe keine Angst vor dir."

Sein Lächeln wurde breiter, ein räuberisches Glitzern in seinen Augen. "Das werden wir noch sehen," sagte er und verringerte den Abstand zwischen ihnen.

Die Konfrontation hatte begonnen, und es gab kein Zurück mehr.

Vergebung suchen

Die Sonne tauchte unter den Horizont und warf einen warmen orangefarbenen Schimmer über die stille Stadt Meadowbrook. Die Straßen waren leer, bis auf ein paar Nachzügler, die auf dem Heimweg waren. Es war in dieser ruhigen Umgebung, dass Eliza sich vor der kleinen, verwitterten Kirche am Rande der Stadt wiederfand. Das Gewicht ihrer vergangenen Taten lastete schwer auf ihrem Herzen, eine Bürde, die sie nicht länger allein tragen konnte.

Die Holztüren knarrten, als sie sie aufstieß, und enthüllten ein schwach beleuchtetes Inneres. Kerzen flackerten entlang der Wände und warfen tanzende Schatten, die ihre Sünden zurückzuflüstern schienen. Sie zögerte, ihr Atem stockte in ihrer Kehle, bevor sie eintrat. Der Duft von Weihrauch erfüllte ihre Nase, ein scharfer Kontrast zur frischen Herbstluft draußen.

Pater Michael saß in einer der Bänke, sein Kopf war in stilles Gebet gesenkt. Er blickte auf, als sie sich näherte, seine Augen freundlich und verständnisvoll. Eliza kannte ihn seit ihrer Kindheit, und seine Anwesenheit war eine tröstliche Erinnerung an einfachere Zeiten. Sie setzte sich neben ihn, ihre Hände zitterten in ihrem Schoß.

„Pater, ich muss beichten", begann sie, ihre Stimme kaum über einem Flüstern. Die Worte fühlten sich schwer an, beladen mit der Schuld und dem Bedauern, die sie seit Monaten geplagt hatten. Sie erzählte die Ereignisse, die zu jener schicksalhaften Nacht geführt hatten, die Entscheidungen, die sie in einem Moment der Verzweiflung getroffen hatte. Die Lügen, der Betrug und der ultimative Verrat, der das Leben derer, die sie liebte, zerstört hatte.

Pater Michael hörte aufmerksam zu, sein Ausdruck blieb unverändert. Als sie fertig war, legte sich eine schwere Stille zwischen ihnen. Elizas Augen füllten sich mit ungeweinten Tränen, ihr Herz schmerzte nach der Vergebung, die sie so verzweifelt suchte.

„Vergebung ist eine mächtige Sache, Eliza", sagte Pater Michael sanft. „Es geht nicht nur darum, sie von anderen zu suchen, sondern auch von sich selbst. Du musst dich mit dem, was du getan hast, auseinandersetzen und einen Weg finden, Wiedergutmachung zu leisten."

Seine Worte hallten in ihr nach, ein Hoffnungsschimmer durchdrang die Dunkelheit, die ihre Seele umhüllt hatte. Sie nickte und wischte die Tränen weg, die begonnen hatten zu fallen. Die Reise zur Erlösung würde nicht einfach sein, aber es war eine, die sie bereit war zu unternehmen.

Als sie die Kirche verließ, fühlte Eliza eine Entschlossenheit, die sie seit Monaten nicht mehr erlebt hatte. Der Weg zur Vergebung war lang und mühsam, aber mit jedem Schritt würde sie versuchen, die zerbrochenen Teile ihres Lebens zu reparieren. Sie würde sich denen stellen, die sie verletzt hatte, ihre aufrichtigsten Entschuldigungen anbieten und versuchen, die Dinge in Ordnung zu bringen.

Ihr erster Halt war das kleine, gemütliche Haus ihrer Kindheitsfreundin Sarah. Der Verrat hatte bei ihr am tiefsten gesessen, und Eliza wusste, dass es am schwersten sein würde, sich Sarah zu stellen. Sie stand vor der Tür, ihr Herz pochte in ihrer Brust. Sie holte tief Luft und klopfte, das Geräusch hallte in der Stille des Abends wider.

Sarah öffnete die Tür, ihr Gesichtsausdruck eine Mischung aus Überraschung und Besorgnis. Eliza begegnete ihrem Blick, ihre Augen voller Reue. „Sarah, es tut mir so leid", begann sie, ihre Stimme zitterte. „Ich weiß, dass ich dich verletzt habe, und ich erwarte nicht, dass du mir sofort vergibst. Aber ich möchte die Dinge in Ordnung bringen, wenn du mich lässt."

Sarahs Augen wurden weicher, und sie trat zur Seite, um Eliza eintreten zu lassen. Es war eine kleine Geste, aber es war ein

Anfang. Der Weg zur Vergebung war lang, aber mit jedem Schritt fühlte sich Eliza ein wenig leichter, ihr Herz ein wenig weniger belastet.

Ein schmerzhaftes Wiedersehen

Die Sonne war kaum aufgegangen und warf ein blasses Licht über die stille Stadt. Die Straßen waren noch leer, abgesehen von ein paar Frühaufstehern und Ladenbesitzern, die sich auf den Tag vorbereiteten. Unter ihnen war Emily, deren Herz schwer vor Erwartung und Angst war. Sie hatte den Brief erst vor einer Woche erhalten, eine einfache Notiz, die ihre Welt erschüttert hatte. Ihr Vater, den sie seit über einem Jahrzehnt nicht gesehen hatte, war wieder in der Stadt.

Sie ging langsam, jeder Schritt fühlte sich an wie ein Bleigewicht, das sie hinunterzog. Erinnerungen überfluteten ihren Geist, Erinnerungen, die sie so sehr versucht hatte zu begraben. Die Streitigkeiten, der Verrat, der Tag, an dem er ohne ein Wort gegangen war. Sie hatte ein Leben ohne ihn aufgebaut, ein Leben, auf das sie stolz war, aber der Schmerz seiner Abwesenheit hatte sie nie wirklich verlassen.

Das Haus erhob sich vor ihr, eine deutliche Erinnerung an die Vergangenheit. Es sah gleich aus, und doch anders. Der Garten war überwuchert, die Farbe blätterte von den Wänden. Sie zögerte am Tor, ihre Hand zitterte, als sie nach dem Riegel griff. Sie holte tief Luft, stieß es auf und ging den Weg hinauf.

Die Tür knarrte, als sie sie öffnete, das Geräusch hallte durch den leeren Flur. Sie trat ein, der vertraute Geruch von altem Holz und Staub erfüllte ihre Nase. Das Haus war unheimlich still, abgesehen vom Ticken der Standuhr im Wohnzimmer. Sie ging auf das Geräusch zu, ihre Schritte wurden vom abgenutzten Teppich gedämpft.

Er war da, saß in seinem alten Sessel am Fenster. Er sah älter und gebrechlicher aus, als sie ihn in Erinnerung hatte. Sein Haar war grau, sein Gesicht von Alter und Kummer gezeichnet. Er blickte auf, als sie eintrat, seine Augen weiteten sich vor Überraschung. Einen Moment lang sprach keiner von beiden, die Stille war dicht von unausgesprochenen Worten.

"Emily," sagte er schließlich, seine Stimme heiser und zittrig. "Du bist gewachsen."

Sie nickte, unfähig, ihre Stimme zu finden. Sie hatte diesen Moment unzählige Male in ihrem Kopf durchgespielt, aber jetzt, wo er da war, wusste sie nicht, was sie sagen sollte. Der Zorn und der Schmerz, den sie so lange mit sich getragen hatte, kamen an die Oberfläche und drohten überzukochen.

"Warum bist du zurückgekommen?" fragte sie, ihre Stimme kaum mehr als ein Flüstern.

Er seufzte und blickte auf seine Hände hinunter. "Ich musste. Ich konnte nicht länger wegbleiben."

"Zehn Jahre," sagte sie, ihre Stimme wurde stärker. "Du hast mich zehn Jahre lang verlassen. Hast du eine Ahnung, was das mit mir gemacht hat?"

Er schaute auf, seine Augen voller Bedauern. "Ich weiß, dass ich dich verletzt habe, Emily. Ich dachte, ich tue das Richtige, aber ich lag falsch. Ich lag so falsch."

Sie schüttelte den Kopf, Tränen strömten ihr über das Gesicht. "Du hast mich im Stich gelassen. Du hast mich allein gelassen, um die Scherben unserer zerrütteten Familie aufzusammeln."

"Ich weiß," sagte er, seine Stimme brach. "Und es tut mir so leid. Ich kann die Vergangenheit nicht ändern, aber ich möchte die Dinge wieder in Ordnung bringen."

Sie sah ihn an, ihr Herz schmerzte vor einer Mischung aus Wut und Sehnsucht. Sie wollte ihm vergeben, den Schmerz loslassen, aber es war nicht so einfach. Die Wunden waren zu tief, die Narben zu frisch.

"Ich weiß nicht, ob ich das kann," sagte sie, ihre Stimme zitterte.

Er streckte die Hand aus, seine Hand zitterte. "Bitte, Emily. Gib mir eine Chance. Lass mich wieder Teil deines Lebens sein."

Sie sah seine ausgestreckte Hand an, ihr Geist ein Wirbelwind der Emotionen. Sie hatte eine Entscheidung zu treffen, eine Entscheidung, die ihre Zukunft bestimmen würde. Sie holte tief Luft, streckte die Hand aus und ergriff seine, der erste Schritt zur Heilung der Wunden der Vergangenheit.

Die Wahrheit verstehen

Die Morgensonne filterte durch die schweren Vorhänge und warf ein gesprenkeltes Muster auf den Holzboden. Elena saß an ihrem Schreibtisch, ihre Augen scannten die Dokumente, die über die Oberfläche verstreut waren. Ihr Geist raste und fügte Fragmente von Informationen zusammen, die ihr wochenlang entgangen waren. Die Luft im Raum fühlte sich dick an vor Erwartung, als ob die Wände selbst den Atem anhielten und darauf warteten, dass sie die Wahrheit aufdeckte.

Sie griff nach ihrem Kaffee, dessen Wärme ein kleiner Trost in der kalten Realität war, die sich zu formen begann. Das Foto ihres Bruders, eingebettet in einen schlanken silbernen Rahmen, fiel ihr ins Auge. Sein Lächeln, einst ein Leuchtfeuer der Freude, schien jetzt eine gespenstische Erinnerung an alles, was sie verloren hatte. Elena's Finger strichen die Ränder des Rahmens entlang, ihr Herz schwer von unbeantworteten Fragen.

Ein leises Klopfen an der Tür riss sie aus ihrer Träumerei. Detective Harris trat ein, seine Haltung so düster wie die Nachricht, die er brachte. "Elena, wir haben etwas gefunden," sagte er, seine Stimme eine Mischung aus Ernst und Vorsicht. Er reichte ihr einen Manila-Ordner, dessen Inhalt sowohl Offenbarung als auch Schmerz versprach.

Mit zitternden Händen öffnete Elena den Ordner. Die erste Seite war ein detaillierter Bericht, die Worte verschwammen, als sie versuchte, sich zu konzentrieren. Ihre Augen fielen auf einen Namen, den sie seit Jahren nicht mehr gesehen hatte - Victor Demetri. Der Name allein jagte ihr einen Schauer über den Rücken, Erinnerungen an geflüsterte Gespräche und schattenhafte Gestalten überfluteten ihren Geist.

"Victor war mehr involviert, als wir ursprünglich dachten," fuhr Harris fort, seine Stimme durchdrang den Nebel ihrer Gedanken. "Er hatte Verbindungen zu einem Netzwerk, das weitaus finsterer war, als wir uns vorgestellt hatten."

Elena's Herz pochte in ihrer Brust, jeder Schlag widerhallte die Angst und Entschlossenheit, die sie bis hierher getrieben hatten. Sie blätterte durch die Seiten, jede ein Teil des Puzzles, das ihr so lange entgangen war. Finanzielle Aufzeichnungen, verschlüsselte Nachrichten und Fotografien zeichneten das Bild eines Mannes, der ein Netz aus Betrug und Gefahr gesponnen hatte.

Als sie tiefer eintauchte, begann ein Muster zu entstehen. Victors Verbindungen waren weitreichend und reichten bis in die höchsten Machtzirkel. Die Erkenntnis traf sie wie ein kalter Windstoß - der Tod ihres Bruders war kein Unfall. Es war ein kalkulierter Zug, ein Bauer, der in einem Spiel geopfert wurde, das sie gerade erst zu verstehen begann.

Das Gewicht der Wahrheit legte sich wie ein schwerer Mantel aus Trauer und Entschlossenheit über sie. Elena wusste, dass es gefährlich sein würde, das volle Ausmaß von Victors Machenschaften aufzudecken, aber sie wusste auch, dass sie nicht zurückweichen konnte. Der Weg vor ihr war voller Gefahren, aber es war der einzige Weg, das Andenken ihres Bruders zu ehren und Gerechtigkeit zu suchen.

Detective Harris beobachtete sie, seine Augen spiegelten eine Mischung aus Mitgefühl und Respekt wider. "Du musst das nicht alleine tun," sagte er leise und bot ihr seine Unterstützung angesichts des heraufziehenden Sturms an.

Elena nickte, ihre Entschlossenheit verhärtete sich wie Stahl. Die Reise vor ihr würde gefährlich sein, aber sie war nicht mehr die Frau, die diese Suche begonnen hatte. Sie war stärker, entschlossener und bereit, sich der Dunkelheit zu stellen, die das Leben ihres Bruders gefordert hatte.

Als sie den Ordner schloss, spürte Elena eine Veränderung in sich. Die Wahrheit, einst ein fernes und schwer fassbares Ziel, war nun in greifbarer Nähe. Sie würde jede Lüge aufdecken, jedes Geheimnis enthüllen und die Verantwortlichen zur Rechenschaft ziehen. Der Weg war klar, und mit jedem Schritt kam sie den Antworten, die sie so lange gesucht hatte, näher.

Ein Weg nach vorn

Die Morgensonne lugte durch das dichte Blätterdach des Waldes und warf gesprenkeltes Licht auf den schmalen Pfad vor ihr. Die Luft war frisch, erfüllt vom Duft der Kiefern und dem fernen Geräusch eines plätschernden Baches. Sarah verstärkte ihren Griff um den abgenutzten Lederriemen ihres Rucksacks und spürte das Gewicht ihrer Entscheidungen und die Unsicherheit des vor ihr liegenden Weges.

Nach den erschütternden Ereignissen der letzten Tage hatte sie einen Moment der Ruhe gefunden, um nachzudenken. Die Konfrontation mit der mysteriösen Gestalt hatte sie erschüttert, aber auch entschlossen gemacht. Es gab jetzt kein Zurück mehr. Die Hinweise, die sie entdeckt hatte, deuteten auf eine tiefere

Verschwörung hin, die nicht nur ihr Leben, sondern das Leben unzähliger anderer bedrohte.

Ihre Gedanken wanderten zu Max, ihrem treuen Begleiter, der ihr durch dick und dünn zur Seite gestanden hatte. Seine unerschütterliche Unterstützung war in den dunkelsten Momenten ein Leuchtfeuer der Hoffnung gewesen. Während sie den Pfad entlang stapften, konnte sie seine Entschlossenheit spüren, die ihre eigene widerspiegelte. Sie waren durch einen gemeinsamen Zweck verbunden, ein stilles Verständnis, dass dies ein Kampf war, den sie sich nicht leisten konnten zu verlieren.

Der Weg vor ihnen war voller Gefahren, aber auch voller Versprechen auf Antworten. Jeder Schritt brachte sie der Wahrheit näher, dem Kern des Geheimnisses, das sie gefangen hielt. Sarahs Gedanken rasten mit Möglichkeiten, sie setzte Informationsfragmente wie ein Puzzle zusammen. Die kryptischen Nachrichten, die schattenhaften Gestalten, die verborgenen Agenden – all das waren Fäden in einem komplexen Geflecht, das sie entschlossen war zu entwirren.

Der Wald begann sich zu lichten und gab eine kleine Lichtung frei, die im Sonnenlicht gebadet war. In der Mitte stand eine alte, verwitterte Hütte, deren Holzwände die Narben der Zeit trugen. Hier hoffte sie, den nächsten Hinweis zu finden, ein

Stück des Puzzles, das sie weiterführen würde. Mit vorsichtigem Optimismus näherte sie sich der Hütte, ihr Herz pochte in ihrer Brust.

Drinnen war die Luft kühl und muffig, die Überreste einer vergessenen Vergangenheit. Staubpartikel tanzten in den Lichtstrahlen, die durch die Ritzen in den Wänden fielen. Sarahs Augen durchsuchten den Raum und suchten nach allem, was von Bedeutung sein könnte. Ihr Blick fiel auf ein altes, zerfleddertes Tagebuch, das auf einem wackeligen Tisch lag. Sie hob es auf, die Seiten waren vergilbt und zerbrechlich, und begann zu lesen.

Die Einträge im Tagebuch sprachen von einem versteckten Labor, einem Ort, an dem dunkle Experimente im Geheimen durchgeführt worden waren. Der Autor, ein Wissenschaftler namens Dr. Harlan, hatte eine Spur von Brotkrumen hinterlassen, kryptische Notizen, die auf den Standort des Labors hinwiesen. Sarahs Puls beschleunigte sich, als sie die Hinweise entschlüsselte, ihr Geist raste mit den Implikationen.

Max stupste ihr Bein an, seine scharfen Sinne warnten sie vor einer Präsenz draußen. Sie schloss das Tagebuch und ging zum Fenster, um in die Lichtung hinauszuschauen. Eine Gestalt stand am Rand des Waldes und beobachtete sie. Sarahs Atem stockte, als sie die Silhouette erkannte. Es war dieselbe Gestalt, die ihre Träume heimgesucht hatte, diejenige, die den Schlüssel zur Entschlüsselung der Wahrheit hielt.

Mit einem tiefen Atemzug trat sie nach draußen, ihre Entschlossenheit verhärtete sich. Die Gestalt blieb still, in Geheimnisse gehüllt. Sarah wusste, dass diese Begegnung entscheidend sein würde, ein Wendepunkt in ihrer Suche. Sie straffte ihre Schultern, bereit, sich dem zu stellen, was vor ihr lag.

Der Weg war ungewiss, aber sie hatte keine Angst mehr. Sie hatte ihren Zweck gefunden, einen Grund zu kämpfen. Und mit Max an ihrer Seite wusste sie, dass sie die Antworten finden würden, die sie suchten, egal zu welchem Preis.

Kapitel 11: Eine Prüfung der Liebe

Vertrauen wieder aufbauen

Die Echos des Schusses verfolgten sie immer noch. Jeder Knarren des alten Hauses, jedes Rascheln des Windes jagte ihr Schauer über den Rücken. Es waren Monate vergangen seit jener schicksalhaften Nacht, doch die Erinnerungen hafteten an ihr wie eine zweite Haut. Sarah wusste, dass sie vorwärts gehen musste, aber der Weg vor ihr schien voller Hindernisse zu sein, die sie nicht sicher überwinden konnte.

Sie hatte einst an die Unbesiegbarkeit ihrer Liebe geglaubt. Es war eine Festung, gebaut auf gemeinsamen Träumen und geflüsterten Versprechen. Aber als die Kugel die Luft durchdrang, zerschmetterte sie mehr als nur Glas; sie zerschmetterte das Fundament ihrer Beziehung. Vertrauen, einst reichlich und unerschütterlich, lag nun in Trümmern.

Johns Augen, einst ein Zufluchtsort der Wärme, trugen nun die Last von Schuld und Reue. Er war dort gewesen, seine Hände zitterten, als er versuchte, die Blutung zu stoppen. Sarah konnte immer noch den Druck seiner Handflächen auf ihrer Wunde spüren, die Verzweiflung in seiner Stimme, als er um Hilfe rief.

Er hatte ihr Leben gerettet, war dabei aber ungewollt zu einem Fremden geworden.

Die Tage danach waren ein verschwommener Mix aus Krankenzimmern und Polizeiverhören. John wurde unermüdlich befragt, jede seiner Bewegungen wurde genauestens untersucht. Sarah beobachtete ihn von ihrem Bett aus, unfähig, den Mann, den sie liebte, mit dem Verdächtigen in Einklang zu bringen, als den sie ihn darstellten. Der Zweifel schlich sich ein, heimtückisch und zersetzend, und nagte an den Rändern ihres Verstandes.

Sie vermieden das Thema, umgingen es wie eine Landmine. Gespräche wurden stockend, gefüllt mit erzwungenen Höflichkeiten und peinlichen Pausen. Die unausgesprochenen Worte hingen schwer in der Luft, eine ständige Erinnerung an den Abgrund, der sich zwischen ihnen aufgetan hatte. Sarahs Herz schmerzte nach der Einfachheit ihrer Vergangenheit, nach den Tagen, als Vertrauen selbstverständlich und unangefochten war.

Eines Abends, als die Sonne unter den Horizont sank und lange Schatten durch ihr Wohnzimmer warf, brach John endlich das Schweigen. Er saß ihr gegenüber, die Hände ineinander verschränkt, die Knöchel vor Anspannung weiß.

"Ich kann nicht weiter so tun, als wäre alles in Ordnung," sagte er, seine Stimme kaum mehr als ein Flüstern. "Wir müssen über das sprechen, was passiert ist."

Sarahs Atem stockte. Sie hatte diesen Moment gefürchtet und sich zugleich danach gesehnt. Die Wahrheit war ein zweischneidiges Schwert, fähig zu heilen und zu verletzen.

"Ich weiß nicht, ob ich das kann," antwortete sie, ihre Stimme zitternd. "Jedes Mal, wenn ich die Augen schließe, sehe ich es. Ich sehe dich, und ich sehe die Waffe."

Johns Augen füllten sich mit Qual. "Ich habe versucht, dich zu beschützen. Ich würde dir niemals wehtun, Sarah. Du musst mir glauben."

Tränen stiegen ihr in die Augen. "Ich will dir glauben. Aber es ist so schwer. Alles ist so schwer."

Er streckte die Hand aus, seine Hand schwebte knapp über ihrer. "Lass mich es dir beweisen. Lass mich dir zeigen, dass wir wieder aufbauen können, was wir verloren haben."

Die Verletzlichkeit in seinen Augen spiegelte ihre eigene wider. Langsam, zögernd, legte sie ihre Hand in seine. Es war eine kleine Geste, aber sie trug das Gewicht eines Versprechens. Ein

Versprechen zu versuchen, zu kämpfen für das, was sie einmal hatten.

Der Weg zur Heilung würde lang und mühsam sein, voller Rückschläge und Herausforderungen. Aber in diesem Moment, als sich ihre Finger verschränkten, spürte Sarah einen Funken Hoffnung. Er war zerbrechlich, wie eine flackernde Kerze im Wind, aber er war da. Und zum ersten Mal seit Monaten erlaubte sie sich zu glauben, dass sie vielleicht, nur vielleicht, ihren Weg zurück zueinander finden könnten.

Emotionale Heilung

Der Raum war schwach beleuchtet, die einzige Beleuchtung kam von einer einzelnen, flackernden Kerze auf dem Holztisch. Isabella saß schweigend da, ihre Augen verfolgten die zarten Muster auf der Tischdecke, ihr Geist war meilenweit entfernt. Die Ereignisse jener schicksalhaften Nacht spielten sich in ihrem Kopf wie eine kaputte Schallplatte ab – das plötzliche Quietschen der Reifen, das zersplitternde Glas, die ohrenbetäubende Stille, die folgte. Es schien unmöglich, den quälenden Erinnerungen zu entkommen, die in ihrem Herzen Wurzeln geschlagen hatten.

Sie griff nach dem silbernen Medaillon um ihren Hals, ein kleiner Trost im Sturm der Emotionen. Es hatte ihrer Mutter gehört, ein Zeichen der Liebe und Widerstandskraft, das über Generationen weitergegeben wurde. Als ihre Finger das filigrane Design nachzeichneten, spürte sie eine Verbindung zu den Frauen, die vor ihr gekommen waren, jede von ihnen mit ihren eigenen Prüfungen und Herzschmerzen konfrontiert.

Isabellas Therapeut, Dr. Collins, hatte diese Übung vorgeschlagen – einen Gegenstand zu finden, der Bedeutung hatte, etwas, das sie erdete, wenn die Wellen der Trauer drohten, sie zu überwältigen. Es war eine einfache Handlung, aber sie half. Sie holte tief Luft, spürte das kühle Metall auf ihrer Haut und erlaubte sich, sich an die Wärme der Umarmung ihrer Mutter zu erinnern.

Die Tür knarrte, als sie sich öffnete, und Isabella blickte auf, um ihren jüngeren Bruder Lucas zögernd im Türrahmen stehen zu sehen. Seine Augen waren rot umrandet, sein Gesicht blass. Er war immer der Starke gewesen, der Beschützer, aber der Unfall hatte diese Fassade zerbrochen. Sie waren beide orientierungslos, kämpften darum, in einer Welt, die unwiderruflich verändert worden war, ihren Halt zu finden.

"Hey," sagte Lucas leise, seine Stimme kaum mehr als ein Flüstern. Er trat in den Raum und schloss die Tür hinter sich. "Ich dachte, du möchtest vielleicht etwas Gesellschaft haben."

Isabella brachte ein schwaches Lächeln zustande, dankbar für seine Anwesenheit. "Ja, das wäre schön." Sie deutete auf den leeren Stuhl ihr gegenüber, und er ließ sich mit einem Seufzer darauf nieder.

Einen Moment lang saßen sie schweigend da, die Last ihres gemeinsamen Verlustes schwer in der Luft hängend. Es war Lucas, der schließlich die Stille brach, seine Stimme zitterte vor Emotionen. "Denkst du jemals darüber nach, was Mom sagen würde, wenn sie hier wäre? Wie würde sie uns sagen, dass wir weitermachen sollen, dass wir Stärke in einander finden sollen?"

Isabella nickte, ihre Kehle war eng vor unterdrückten Tränen. "Die ganze Zeit. Sie war immer so stark, so voller Leben. Ich einfach... Ich weiß nicht, wie ich ohne sie weitermachen soll."

Lucas griff über den Tisch und nahm ihre Hand in seine. "Wir werden es zusammen herausfinden. Schritt für Schritt."

In diesem Moment spürte Isabella einen Funken Hoffnung. Es war zerbrechlich, wie die Flamme der Kerze, aber es war da. Sie drückte die Hand ihres Bruders und schöpfte Kraft aus seiner Anwesenheit. Sie hatten so viel verloren, aber sie hatten immer noch einander.

Tage wurden zu Wochen, und Wochen zu Monaten. Der Schmerz verschwand nie ganz, aber er wurde erträglicher, ein dumpfer Schmerz statt eines scharfen, unerbittlichen Schmerzes. Isabella fand Trost in kleinen Ritualen – jeden Abend eine Kerze anzuzünden, Briefe an ihre Mutter zu schreiben, spät in die Nacht mit Lucas zu reden. Diese Akte des Gedenkens und der Verbindung halfen, die zerbrochenen Stücke ihres Herzens zu heilen.

Isabella wusste, dass Heilung kein Ziel, sondern ein Prozess war, eine Reihe kleiner Schritte, die in Gesellschaft derer unternommen wurden, die sie liebte. Und während sie den verschlungenen Pfad der Trauer beschritt, hielt sie an dem Glauben fest, dass die rohen Wunden mit der Zeit zu Narben werden würden – ein Zeugnis ihrer Stärke und Widerstandsfähigkeit und eine Erinnerung an die Liebe, die sie geformt hatte.

Unterstützungssysteme

Die Sonne war kaum aufgegangen, als Detective Laura Martinez im Revier ankam, ihr Geist bereits die Ereignisse der vergangenen Nacht durchgehend. Ein brutaler Tatort, das Leben einer jungen Frau abrupt beendet, und eine Spur von Hinweisen, die scheinbar ins Nichts führten. Sie wusste, dass sie diesen Fall nicht allein lösen konnte. Es war an der Zeit, sich auf das Netzwerk zu stützen, das sie im Laufe der Jahre aufgebaut hatte.

Lauras erster Halt war das Büro von Dr. Henry Collins, dem ansässigen forensischen Psychologen des Reviers. Mit seinem Salz-und-Pfeffer-Haar und seinen durchdringenden blauen Augen hatte Henry eine unheimliche Fähigkeit, in die Köpfe sowohl der Opfer als auch der Täter einzudringen. Während Laura die Details des Falls schilderte, hörte Henry aufmerksam zu, seine Finger unter seinem Kinn verschränkt.

„Sie sind sicher, dass das Opfer keine bekannten Feinde hatte?" fragte er, seine Stimme ein tiefes Grollen.

„Keine, die wir bisher entdeckt haben", antwortete Laura, ihre Frustration war offensichtlich. „Aber irgendetwas daran fühlt sich persönlich an."

Henry nickte nachdenklich. „Ich muss die Fotos vom Tatort und den Autopsiebericht sehen. Es könnte Verhaltensmuster geben, die wir übersehen haben."

Als sie Henrys Büro verließ, verspürte Laura einen Funken Hoffnung. Seine Einsichten hatten viele Fälle aufgedeckt, und sie vertraute seinem Urteil uneingeschränkt. Als nächstes ging sie ins Techniklabor, wo ihr langjähriger Freund und Kollege, Sam Patel, bereits in einem Meer von Monitoren und Tastaturen vertieft war. Sam hatte ein Talent dafür, digitale Spuren zu entdecken, die andere übersehen hatten.

„Hey, Sam", begrüßte Laura ihn, ihr Ton war leichter als den ganzen Morgen. „Ich brauche deinen magischen Touch bei diesem Fall."

Sam schaute auf, seine Augen funkelten hinter seinen Brillengläsern. „Was hast du für mich?"

Laura reichte ihm einen USB-Stick mit Überwachungsaufnahmen aus der Nähe des Tatorts. „Schau, ob du etwas Ungewöhnliches findest. Uns gehen die Hinweise aus."

Sam steckte den Stick ein und begann hektisch zu tippen. „Gib mir ein paar Stunden. Ich lasse es dich wissen, wenn ich etwas finde."

Als sie das Labor verließ, summte Lauras Telefon mit einer Nachricht von ihrem Partner, Detective Mike Harris. „Kaffee an unserem Platz?" stand darin. Laura lächelte; Mike wusste immer, wann sie eine Pause brauchte. Sie trafen sich in einem kleinen Café um die Ecke, einem Zufluchtsort, wo sie Fälle fernab vom Chaos des Präsidiums besprechen konnten.

„Schon Glück gehabt?" fragte Mike und reichte ihr eine dampfende Tasse Kaffee.

„Nicht viel," gab Laura zu. „Aber Henry und Sam sind dran. Ich hoffe, sie finden bald etwas."

Mike nickte, sein Ausdruck war einer ruhigen Entschlossenheit. „Wir werden es schaffen. Das tun wir immer."

Ihr Gespräch wurde von einem Anruf von Sam unterbrochen. „Laura, du musst das sehen", knackte seine Stimme durch das Telefon. „Ich habe etwas gefunden."

Zurück im Labor spielte Sam einen Abschnitt des Überwachungsmaterials erneut ab. „Schau dir diesen Typen an", sagte er und zeigte auf eine Gestalt, die im Schatten lauerte. „Er treibt sich seit Tagen in der Gegend herum. Könnte ein Zeuge sein, oder vielleicht mehr."

Lauras Herz raste. „Kannst du das Bild verbessern? Wir müssen ihn identifizieren."

Sam nickte und arbeitete bereits daran. „Gib mir noch eine Stunde."

Während die Uhr tickte, fühlte Laura, wie das Gewicht des Falls leicht nachließ. Sie wusste, dass sie in diesem Kampf nicht allein war. Mit Henrys psychologischem Scharfsinn, Sams technischer Expertise und Mikes unerschütterlicher Unterstützung bildeten sie ein beeindruckendes Team. Gemeinsam würden sie das Geheimnis lüften und der jungen Frau Gerechtigkeit widerfahren lassen, deren Leben so tragisch gestohlen worden war.

Laura holte tief Luft, ihre Entschlossenheit wuchs. Dies war erst der Anfang, und sie war bereit für alles, was vor ihr lag.

Freude wiederentdecken

Die Sonne hatte gerade begonnen, unterzugehen, und warf einen warmen, goldenen Schein über die malerische kleine Stadt Meadowbrook. Clara stand am Rand des Parks, die Hände tief in den Taschen ihrer abgetragenen Jacke vergraben. Es waren Monate vergangen seit der tragischen Nacht, die ihre Welt erschüttert und sie gezwungen hatte, durch die Trümmer ihres Lebens zu navigieren. Ihr Herz, einst ein Gefäß grenzenloser Freude, war zu einer hohlen Kammer geworden, die von Trauer und Bedauern widerhallte.

Während sie ziellos den Kopfsteinpflasterweg entlang wanderte, fiel Claras Blick auf eine Gruppe von Kindern, die in der Nähe des Brunnens spielten. Ihr Lachen, rein und ungezügelt, rührte an den Ecken ihres düsteren Herzens. Sie hielt inne und erlaubte sich einen Moment, die Szene auf sich wirken zu lassen. Die Unschuld und Ausgelassenheit der Kinder schienen einen starken Kontrast zu der Schwere zu bilden, die sie in sich trug.

Ein kleines Mädchen mit lockigem kastanienbraunem Haar fiel Clara ins Auge. Sie drehte sich im Kreis, ihr Kleid blähte sich wie eine Blume im Wind. Der Anblick rührte etwas tief in Clara, ein schwaches Aufflackern einer lange vergrabenen Erinnerung. Sie hatte einst mit solcher Hingabe getanzt, unbeschwert von der Last der Welt. Die Erkenntnis traf sie wie ein Blitz; die Freude hatte sie nicht verlassen, sie hatte einfach vergessen, wie man danach greift.

Entschlossen, auch nur einen Hauch dieser vergessenen Freude zurückzugewinnen, setzte Clara ihren Spaziergang durch den Park fort. Sie fühlte sich zu einer Bank unter einer hoch aufragenden Eiche hingezogen, deren Äste dem Wind Geheimnisse zuflüsterten. Als sie sich setzte, schloss sie die Augen und ließ die Geräusche des Parks auf sich wirken. Das Zwitschern der Vögel, das Rascheln der Blätter, das ferne Summen des Lebens—alles bildete eine Symphonie, die ihre müde Seele beruhigte.

Als die Minuten verstrichen, spürte Clara eine Präsenz neben sich. Sie öffnete die Augen und sah einen älteren Mann mit freundlichen Augen und einem wettergegerbten Gesicht. Er hielt eine kleine Papiertüte heraus, deren Inhalt ein verlockendes Aroma verströmte.

"Möchten Sie einen Keks?" fragte er, seine Stimme sanft und einladend.

Clara zögerte einen Moment, bevor sie das Angebot annahm. Der erste Bissen war eine Offenbarung, die Süße ein scharfer

Kontrast zu der Bitterkeit, die sich in ihrem Herzen eingenistet hatte. Der alte Mann lächelte, als ob er die Bedeutung dieser einfachen Handlung verstand.

"Wissen Sie," sagte er, "das Leben hat eine Art, uns zu den Dingen zurückzubringen, die wir verloren haben, wenn wir nur bereit sind, hinzusehen."

Seine Worte schwebten in der Luft, eine tiefgründige Wahrheit in Einfachheit gehüllt. Clara nickte, ihre Augen füllten sich mit Tränen, die sie lange unterdrückt hatte. Sie erkannte, dass Freude kein Ziel war, sondern eine Reihe von Momenten, die wie Perlen an einer Halskette aneinandergereiht waren. Es war im Lachen der Kinder, im Rascheln der Blätter und in der Freundlichkeit von Fremden.

Als die Sonne unter den Horizont sank und lange Schatten über den Park warf, erhob sich Clara von der Bank mit einem neu gefundenen Entschluss. Sie würde nicht zulassen, dass die Dunkelheit ihrer Vergangenheit das Licht ihrer Zukunft verdunkelt. Es gab Freude zu finden, selbst an den unerwartetsten Orten, und sie war bereit, sie zu suchen.

Mit einem etwas leichteren Herzen und einem etwas helleren Geist ging Clara aus dem Park, das Echo des Kinderlachens folgte ihr wie ein Versprechen auf bessere Tage.

Ein erneuertes Versprechen

Als das erste Licht der Morgendämmerung durch das dichte Blätterdach filterte, stand Sarah am Rand des Waldes, ihr Herz schwer von der Last der vergangenen Wochen. Die Ereignisse, die sich abgespielt hatten, hatten ihre Entschlossenheit auf eine Weise geprüft, die sie sich nie vorgestellt hatte. Sie holte tief Luft, die kühle Morgenluft füllte ihre Lungen, und schloss die Augen, um sich einen Moment der Reflexion zu gönnen.

Der Wald war für Sarah immer ein Ort des Trostes gewesen. Seine hoch aufragenden Bäume und die Symphonie der Naturgeräusche boten eine Zuflucht vor dem Chaos ihres Lebens. Aber heute schien der Wald anders zu sein. Die Schatten waren länger, die Geräusche gedämpfter, als ob sich das Wesen des Ortes verändert hätte.

Sie dachte an die schicksalhafte Nacht zurück, als sich alles verändert hatte. Die Begegnung war schnell und brutal gewesen, ohne Raum für Zögern. Sarah hatte instinktiv gehandelt, ihr Training setzte ein, als sie um ihr Überleben kämpfte. Die Erinnerung an diese Nacht war in ihr Gedächtnis eingebrannt, eine ständige Erinnerung an die Zerbrechlichkeit des Lebens.

Aber es waren nicht nur die körperlichen Narben, die sie verfolgten. Die emotionale Belastung war ebenso schwerwiegend gewesen. Vertrauen, einst ein Eckpfeiler ihrer Beziehungen, war zerbrochen. Sie hatte begonnen, die Motive der Menschen um sie herum zu hinterfragen und sich gefragt, auf wen sie sich wirklich verlassen konnte. Es war ein einsamer Ort, und die Isolation hatte an ihrem Geist genagt.

Doch als sie dort stand, schien der Wald zu ihr zu flüstern und erinnerte sie an die Stärke, die in ihr lag. Sarah wusste, dass sie die Vergangenheit nicht ändern konnte, aber sie konnte wählen, wie sie vorankommen wollte. Sie hatte eine Entscheidung zu treffen, eine, die ihre Zukunft definieren würde.

Mit entschlossenem Schritt ging sie tiefer in den Wald, der vertraute Pfad leitete ihre Schritte. Jeder Schritt schien mit einem erneuerten Sinn für Zweck zu widerhallen. Die Last auf ihren Schultern begann leichter zu werden, ersetzt durch einen wachsenden Entschluss.

Sie erreichte eine Lichtung, einen Ort, den sie oft in glücklicheren Zeiten besucht hatte. Der Anblick der Sonne, die durch die Bäume brach und einen warmen Schein auf den Waldboden warf, erfüllte sie mit einem Gefühl der Hoffnung. Hier hatte sie sich immer mit etwas Größerem als sich selbst verbunden gefühlt, eine Erinnerung daran, dass sie Teil eines größeren Ganzen war.

Sarah kniete sich nieder, ihre Finger berührten die kühle Erde. Sie machte ein stilles Gelübde, ein Versprechen an sich selbst und an diejenigen, die sie verloren hatte. Sie würde sich nicht von der Dunkelheit ihrer Vergangenheit definieren lassen, sondern von dem Licht, das sie entschied, nach vorne zu tragen. Der Weg vor ihr würde nicht einfach sein, aber sie war bereit, ihm mit Mut und Entschlossenheit entgegenzutreten.

Als sie aufstand, fühlte sie eine erneuerte Klarheit. Der Wald hatte ihr erneut die Kraft gegeben, die sie brauchte. Als sie sich wieder zum Rand der Bäume begab, wusste sie, dass ihre Reise noch lange nicht vorbei war. Aber sie war nicht mehr dieselbe Person, die an diesem Morgen den Wald betreten hatte. Sie hatte ein erneuertes Engagement für sich selbst und den Weg gefunden, den sie gewählt hatte.

Mit dem Wald hinter sich und der offenen Straße vor sich ging Sarah vorwärts, bereit, sich allem zu stellen, was auf ihrem Weg lag.

Kapitel 12: Das Geheimnis enthüllen

Die Punkte verbinden

Der Regen war drei Tage lang unaufhörlich gewesen und hatte die sonst so belebten Straßen der Stadt in ein Labyrinth aus reflektierenden Pfützen und glänzendem Asphalt verwandelt. Detective Laura Martinez hatte stundenlang auf dieselben Tatortfotos gestarrt, ihr Büro in das kalte, künstliche Licht der Schreibtischlampe getaucht. Der Fall hatte an ihr genagt und weigerte sich, sich ordentlich in eines der üblichen Muster einzufügen, an die sie sich im Laufe ihrer Jahre bei der Polizei gewöhnt hatte.

Das Opfer, ein bekannter Journalist namens Ethan Blake, war in seiner Wohnung gefunden worden, sein Körper trug die unverkennbaren Zeichen eines Kampfes. Es gab keine Anzeichen eines gewaltsamen Eindringens, was darauf hindeutete, dass er seinen Angreifer kannte. Sein Laptop fehlte, und seine Notizen waren über den Boden verstreut, als ob jemand nach etwas Bestimmtem gesucht hätte. Laura konnte das Gefühl nicht abschütteln, dass ihr etwas Entscheidendes fehlte, ein Puzzleteil, das alles zusammenfügen würde.

Lauras Partner, Detective Ryan Harris, kam herein und schüttelte den Regen von seinem Mantel. "Irgendwelche Fortschritte?" fragte er, seine Stimme mit derselben Frustration getönt, die auch Laura empfand.

"Noch nichts," antwortete Laura, ihre Augen immer noch auf die Fotos gerichtet. "Aber ich kann nicht anders, als zu denken, dass es eine Verbindung gibt, die wir nicht sehen. Etwas, das all dies zusammenbindet."

Ryan nickte und zog einen Stuhl neben sie. "Lass es uns noch einmal durchgehen," schlug er vor. "Vielleicht hilft eine frische Perspektive."

Gemeinsam begannen sie, die Zeitleiste von Ethans letzten Tagen zusammenzusetzen. Er hatte an einer Enthüllung über ein mächtiges Firmenkonglomerat, Delacroix Industries, gearbeitet, das für seine zwielichtigen Geschäfte und rücksichtslosen Geschäftspraktiken bekannt war. Ethan hatte ein paar engen Freunden anvertraut, dass er etwas Großes auf der Spur war, etwas, das das gesamte Imperium zum Einsturz bringen könnte.

Lauras Gedanken rasten, als sie sich an das Interview erinnerte, das sie mit Ethans Redakteur, einem Mann namens Samuel Thornton, geführt hatte. Thornton schien wirklich schockiert über Ethans Tod zu sein, aber es gab ein Aufblitzen von etwas in seinen Augen, ein Zögern, das Laura nicht ganz einordnen konnte. Sie machte sich eine mentale Notiz, um Thorntons Hintergrund genauer zu untersuchen.

Ein plötzlicher Gedanke kam ihr. "Ryan, was ist, wenn der fehlende Laptop nicht nur wegen des Artikels verschwunden ist? Was, wenn Ethan etwas darauf hatte, das jemand nicht ans Licht kommen lassen wollte?

Ryans Augen weiteten sich, als ihm die Erkenntnis kam. "Du meinst wie Beweise? Etwas, das Delacroix Industries belasten könnte?"

"Genau," sagte Laura und spürte einen Schub an Entschlossenheit. "Wir müssen diesen Laptop finden. Er ist der Schlüssel zu allem."

Die beiden Detektive verbrachten die nächsten Tage damit, Hinweisen nachzugehen und jeden zu befragen, der in den Wochen vor Ethans Tod Kontakt mit ihm gehabt hatte. Sie entdeckten, dass Ethan sich mit einem Whistleblower getroffen hatte, jemandem aus den Reihen von Delacroix Industries, der von den Praktiken des Unternehmens enttäuscht war. Der Whistleblower, eine Frau namens Claire Reynolds, war nach Ethans Tod untergetaucht, aus Angst um ihr eigenes Leben.

Laura und Ryan spürten Claire schließlich in einer kleinen, abgelegenen Hütte im Wald auf. Sie war verängstigt, aber sie stimmte zu, zu reden, und enthüllte, dass sie Ethan einen USB-Stick mit belastenden Beweisen gegen Delacroix Industries gegeben hatte. Claires Informationen lieferten das fehlende Glied, die Verbindung, nach der Laura gesucht hatte.

Mit Claires Aussage und den Beweisen auf dem USB-Stick konnten Laura und Ryan einen Fall gegen Delacroix Industries aufbauen. Der CEO des Unternehmens und mehrere hochrangige Führungskräfte wurden verhaftet, und die Wahrheit über ihre korrupten Praktiken kam endlich ans Licht.

Ethan Blakes Tod war nicht umsonst gewesen. Durch die unermüdlichen Bemühungen von Laura und Ryan wurde Gerechtigkeit geübt, und das Netz der Täuschung, das so viele gefangen hatte, wurde endlich entwirrt. Während die Stadt langsam von dem unaufhörlichen Regen trocknete, stellte sich bei Laura ein Gefühl des Abschlusses ein, da sie wusste, dass sie die Zusammenhänge erkannt und Ethans Andenken ein Stück Frieden gebracht hatten.

Verborgene Motive

Unter dem Mantel der Nacht schien die Stadt anders zu atmen. Straßenlaternen flackerten wie der Puls eines Wesens, das auf der Lauer lag, und Schatten tanzten entlang der Gassen und flüsterten Geheimnisse denen zu, die es wagten zuzuhören. Detective Laura Bennett hatte unzählige Nächte damit verbracht, diese dunklen Straßen zu durchqueren, aber heute Nacht fühlte sich anders an. Sie konnte es in der Luft spüren, eine Spannung, die ihre Haut prickeln ließ und ihre Brust enger werden ließ.

Sie warf einen Blick auf den zerknitterten Zettel in ihrer Hand, die Buchstaben hastig hingekritzelt, fast so, als wäre der Schreiber in Eile gewesen. "Triff mich an der Ecke von Elm und Fifth," stand darauf. Keine Unterschrift, keine weiteren Anweisungen. Nur ein Ort und ein Versprechen auf Antworten. Lauras Instinkte schrien nach Vorsicht, aber der Reiz, das Geheimnis hinter der jüngsten Serie von Verschwinden zu lüften, war zu verlockend, um es zu ignorieren.

Als sie sich dem vereinbarten Treffpunkt näherte, scannten ihre Augen die Gegend und nahmen jedes Detail auf. Die Straße war verlassen, abgesehen von dem gelegentlichen Auto, das vorbeifuhr und dessen Scheinwerfer die Dunkelheit durchbrachen. Sie lehnte sich gegen einen Laternenpfahl, ihre Finger klopften rhythmisch gegen ihren Oberschenkel, ein unbewusster Versuch, ihre Nerven zu beruhigen.

Minuten verstrichen, jede länger als die vorherige. Gerade als Zweifel aufkamen, tauchte eine Gestalt aus den Schatten auf. Ein Mann, dessen Gesicht von einer Kapuze verdeckt war, bewegte sich mit bedächtiger Langsamkeit auf sie zu. Lauras Hand bewegte sich instinktiv zu ihrer Seite und ruhte auf dem kühlen Metall ihrer holsterten Waffe.

"Detective Bennett," sagte der Mann, seine Stimme tief und rau. "Ich habe Sie erwartet."

"Wer sind Sie?" verlangte Laura, ihr Ton scharf. "Und was wissen Sie über die Verschwundenen?"

Der Mann kicherte leise, ein Geräusch, das ihr einen Schauer über den Rücken jagte. "Alles zu seiner Zeit, Detective. Aber zuerst müssen wir über Motive sprechen."

Lauras Augen verengten sich, Verdacht flammte auf. "Was meinen Sie?"

"Jeder hat einen Grund für das, was er tut," antwortete der Mann, sein Blick durchdrang die Dunkelheit. "Auch Sie, Detective. Sie denken, Sie lösen nur einen Fall, aber es steckt mehr dahinter. Es gibt immer mehr."

Er trat näher, und Laura erhaschte einen Blick auf sein Gesicht—ein Netz von Narben durchzog seine Züge, jede erzählte ihre eigene Geschichte. "Die Menschen, die verschwunden sind," fuhr er fort, "sie waren keine zufälligen Ziele. Jemand wollte sie loswerden, und dieser Jemand spielt ein sehr gefährliches Spiel."

"Wer?" drängte Laura, ihre Frustration wuchs. "Wer steckt dahinter?"

Der Mann schüttelte den Kopf. "Noch nicht. Du bist noch nicht bereit für diese Wahrheit. Aber wisse dies: Die Antworten, die du suchst, sind tief vergraben, und sie sind mit jenen verborgenen Motiven verbunden, die du noch nicht sehen kannst."

Damit drehte er sich um und verschwand wieder in den Schatten, ließ Laura allein mit ihren Gedanken. Sie stand da, ihr Geist raste, und sie spielte die kurze Begegnung immer wieder durch. Die Worte des Mannes hallten in ihrem Kopf wider, eine gespenstische Erinnerung daran, dass die Grenze zwischen Jäger und Gejagtem viel dünner war, als sie je gedacht hatte.

Als das erste Licht der Morgendämmerung über den Horizont kroch, legte Laura ein stilles Gelübde ab. Sie würde die Wahrheit aufdecken, egal um welchen Preis. Die verborgenen Motive, die dieses tödliche Spiel antreiben, würden ans Licht kommen, und sie würde diejenige sein, die sie enthüllt.

Das letzte Stück

Als die Sonne unter den Horizont sank und lange Schatten über die trostlose Landschaft warf, lief Elara ein Schauer über den Rücken. Die alten Ruinen der vergessenen Stadt erhoben sich vor ihr, ihre zerfallenen Mauern flüsterten Geheimnisse einer vergangenen Ära. Sie hielt die abgenutzte Karte fester, die kryptischen Symbole leuchteten fast im schwachen Licht. Das war es—der Ort, an dem all ihre Fragen beantwortet würden, an dem das Schicksal ihrer Welt entschieden würde.

Die Luft war dick vor Erwartung. Jeder Schritt von Elara hallte durch die leeren Straßen, der Klang prallte von den Steinstrukturen ab wie eine geisterhafte Symphonie. Sie konnte das Gewicht der Geschichte auf sich spüren, die Last unzähliger Generationen, die vor ihr diese Wege gegangen waren, alle auf der Suche nach derselben schwer fassbaren Wahrheit.

Ihre Reise war lang und gefährlich gewesen, geprägt von Prüfungen und Opfern. Die Gesichter derer, die sie auf dem Weg verloren hatte, blitzten vor ihren Augen auf—Freunde, Verbündete und sogar Feinde, die ihre Rolle im großen Geflecht ihrer Suche gespielt hatten. Jeder von ihnen hatte einen unauslöschlichen Eindruck auf ihre Seele hinterlassen und sie zu der Kriegerin geformt, die sie geworden war.

Als sie sich dem Herzen der Ruinen näherte, überkam sie ein Gefühl der Unruhe. Die Karte hatte sie zu einer massiven Steintür geführt, deren Oberfläche mit komplizierten Schnitzereien bedeckt war, die zu pulsieren schienen, als hätten sie ein eigenes Leben. Elara streckte die Hand aus, ihre Finger fuhren die Muster nach und spürten die uralte Magie, die unter ihrer Berührung vibrierte. Sie wusste, dass diese Tür der Schlüssel zu allem war, das letzte Stück des Puzzles, das ihr so lange entgangen war.

Mit einem tiefen Atemzug drückte sie ihre Hand gegen die Mitte der Tür. Ein tiefes Grollen erschütterte den Boden, als der Stein begann, sich zu verschieben und zu gleiten, und eine verborgene Kammer enthüllte, die in ein unheimliches, überirdisches Leuchten getaucht war. Elara trat ein, ihr Herz pochte in ihrer Brust.

Die Kammer war anders als alles, was sie je gesehen hatte. Ihre Wände waren mit Regalen gesäumt, die mit alten Büchern und Artefakten gefüllt waren, von denen jedes eine Aura der Macht ausstrahlte. In der Mitte des Raumes stand ein Podest, auf dem eine einzige, verzierte Truhe ruhte. Elara näherte sich vorsichtig, ihre Instinkte auf höchste Alarmbereitschaft.

Als sie nach der Truhe griff, hallte eine Stimme durch die Kammer und erschreckte sie. "Wer wagt es, das Heiligtum der

Alten zu stören?" donnerte es, durch die Luft hallend wie ein Donnerschlag. Elara's Hand erstarrte in der Luft, ihre Augen durchsuchten den Raum nach der Quelle der Stimme.

"Ich bin Elara," erklärte sie, ihre Stimme fest trotz der Angst, die an ihr nagte. "Ich suche die Wahrheit, das letzte Stück, das die Dunkelheit beenden wird, die meine Welt bedroht."

Eine Gestalt materialisierte sich vor ihr, in Schatten gehüllt und eine Aura von immenser Macht ausstrahlend. "Viele sind vor dir gekommen," intonierte die Gestalt, "aber nur wenige haben sich als würdig erwiesen. Besitzt du die Stärke und Weisheit, um das zu beanspruchen, was du suchst?"

Elara straffte ihre Schultern und begegnete dem Blick der Gestalt mit unerschütterlicher Entschlossenheit. "Ich habe unzählige Prüfungen bestanden und unvorstellbare Verluste erlitten. Ich bin bereit, alles zu tun, um meine Welt zu retten."

Die Gestalt musterte sie einen Moment lang, bevor sie langsam nickte. "Sehr gut. Aber denk daran, die Wahrheit ist ein zweischneidiges Schwert. Sie kann erleuchten, aber sie kann auch zerstören."

Mit diesen Worten verschwand die Gestalt und ließ Elara erneut allein. Sie öffnete die Truhe, ihr Atem stockte, als sie den Inhalt erblickte—ein kleiner, kunstvoll geschnitzter Kristall, der mit einem inneren Licht leuchtete. Das war es, das letzte Stück, nach dem sie gesucht hatte.

Als sie den Kristall in ihren Händen hielt, spürte Elara eine Welle der Macht durch sich strömen. Der Weg vor ihr war immer noch voller Gefahren, aber sie war bereit. Das Schicksal ihrer Welt lag in ihren Händen, und sie würde nicht wanken.

Der wahre Schuldige

Detective Laura Kane stand in dem schwach beleuchteten Raum, ihre Augen scannten die Überreste des Chaos, die über den Boden verstreut lagen. Zerbrochenes Glas, umgestürzte Möbel und eine schwache Blutspur deuteten auf den gewaltsamen Kampf hin, der stattgefunden hatte. Sie konnte fast das Echo gedämpfter Schreie und das unheilvolle Flüstern der Drohungen des Angreifers hören. Dies war kein gewöhnlicher Tatort; es war das Werk eines berechnenden Geistes, der sich am Elend anderer ergötzte.

Lauras Gedanken schweiften zurück zum Beginn der Untersuchung. Das Opfer, ein prominenter Geschäftsmann namens Richard Collins, war leblos in seiner prunkvollen Villa gefunden worden. Auf den ersten Blick schien es wie ein missglückter Raubüberfall, aber Lauras Instinkte sagten ihr, dass mehr hinter der Geschichte steckte. Die Art und Weise, wie der

Körper positioniert war, die präzisen Schnitte an seinen Handgelenken – all das deutete auf etwas weitaus Unheilvolleres hin.

Als sie die Beweise zusammensetzte, erkannte Laura, dass der Schlüssel zur Lösung des Falls darin lag, Richards Leben zu verstehen. Er war ein Mann mit vielen Geheimnissen, mit einem Labyrinth von Verbindungen, das sich über die ganze Stadt erstreckte. Seine Geschäftstätigkeiten waren von Geheimnissen umhüllt, und sein Privatleben war ebenso rätselhaft. Laura wusste, dass sie, um den wahren Täter zu finden, tief in die Schatten von Richards Welt eintauchen musste.

Ihre Untersuchung führte sie zu einer Reihe von geheimen Treffen und geflüsterten Gesprächen. Sie sprach mit Richards Mitarbeitern, jeder war ausweichender als der letzte. Da war Marcus, der loyale, aber geheimnisvolle Assistent, der immer mehr zu wissen schien, als er zugab. Dann war da Evelyn, Richards entfremdete Ehefrau, deren Bitterkeit eine traurige Vergangenheit verbarg. Und schließlich war da Daniel, Richards Geschäftspartner, dessen ruhiges Auftreten einen rücksichtslosen Ehrgeiz verbarg.

Der Durchbruch kam, als Laura ein verstecktes Hauptbuch in Richards Büro entdeckte. Es enthielt eine Reihe von Transaktionen, die Richard mit einer gefährlichen kriminellen

Organisation verbanden. Die Einträge waren kryptisch, aber ein Name stach hervor: Victor Russo, eine berüchtigte Figur in der Unterwelt. Laura wusste, dass die Konfrontation mit Victor riskant sein würde, aber es war der einzige Weg, der Wahrheit näher zu kommen.

Mit einer Mischung aus Entschlossenheit und Vorsicht arrangierte Laura ein Treffen mit Victor. In einer schummrigen Bar trafen sich ihre Blicke über den Raum hinweg. Victors Gesichtsausdruck war undurchschaubar, aber Laura konnte die Bedrohung unter seiner ruhigen Fassade spüren. Sie legte ihre Erkenntnisse dar, in der Hoffnung, eine Reaktion zu provozieren. Zu ihrer Überraschung lachte Victor—ein kaltes, freudloses Geräusch, das ihr einen Schauer über den Rücken jagte.

"Sie denken, Sie wissen alles, Detective," sagte er, seine Stimme triefend vor Verachtung. "Aber Sie haben keine Ahnung, womit Sie es zu tun haben."

Victors Worte waren eine Offenbarung. Er war nicht der Drahtzieher; er war nur eine Marionette in einem viel größeren Spiel. Der wahre Schuldige war jemand, der die gesamte Affäre inszeniert hatte, jemand, der Richard und alle um ihn herum mit erschreckender Präzision manipuliert hatte. Lauras Gedanken rasten, während sie versuchte, das letzte Puzzleteil zusammenzusetzen.

In diesem Moment erkannte sie die Wahrheit. Der wahre Schuldige war jemand, der sich im Verborgenen gehalten hatte, jemand, der seine Vertrauensposition genutzt hatte, um das perfekte Verbrechen zu inszenieren. Als die Teile zusammenfielen, wusste Laura, dass sie kurz davor war, eine Verschwörung aufzudecken, die weit über Richard Collins hinausging. Der wahre Kampf hatte gerade erst begonnen, und Laura war bereit, sich ihm direkt zu stellen.

Gerechtigkeit gesiegt

Der Gerichtssaal summte mit einer geladenen Stille, einer elektrischen Erwartung, die durch die Luft knisterte wie ein Sturm, der kurz vor dem Ausbruch stand. Jedes Auge im Raum war auf den Angeklagten gerichtet, einen Mann, dessen stoischer Ausdruck die innere Aufruhr verbarg, die in ihm toben musste. Der Richter, eine strenge Gestalt in schwarzen Roben, leitete die Verhandlungen mit einer Autorität, die keinen Unsinn duldete.

Auf der Galerie saßen die Familien sowohl des Opfers als auch des Angeklagten in angespannten Reihen, ihre Gesichter von einer Mischung aus Hoffnung, Angst und einem verzweifelten

Bedürfnis nach Abschluss gezeichnet. Die Mutter des Opfers, eine gebrechliche Frau mit traurigen Augen, hielt ein abgenutztes Foto ihres Sohnes fest, ihre Finger zitterten, während sie das letzte greifbare Stück von ihm festhielt. Auf der anderen Seite des Ganges saß die Frau des Angeklagten steif, ihre Hände fest in ihrem Schoß verschränkt, ihr Blick auf den Boden gerichtet, als ob das Gewicht des Schicksals ihres Mannes zu schwer zu ertragen wäre.

Der Staatsanwalt erhob sich, ein großer Mann mit einer beeindruckenden Präsenz, und begann sein Schlussplädoyer. Seine Stimme war ruhig, erfüllt von einer Überzeugung, die durch den Raum hallte. Er malte ein lebendiges Bild der fraglichen Nacht und beschrieb die Ereignisse, die zur tödlichen Begegnung führten. Er sprach von Beweisen, von Motiven, von den unbestreitbaren Verbindungen, die den Angeklagten mit dem Verbrechen in Verbindung brachten. Jedes Wort war ein Hammer, der den Punkt verdeutlichte, dass die Gerechtigkeit ein Schuldspruch verlangte.

Die Verteidigerin folgte, eine Frau mit einem ruhigen Auftreten, das die Intensität ihres Plädoyers verbarg. Sie sprach von Zweifel, von der Möglichkeit der Unschuld, von den Mängeln in den vorgelegten Beweisen. Sie erinnerte die Geschworenen an ihre Pflicht, absolut sicher zu sein, bevor sie einen Mann zu lebenslanger Haft verurteilten. Ihre Worte waren ein

Rettungsanker, ein letzter Versuch, die zwölf Männer und Frauen zu überzeugen, die die Zukunft ihres Mandanten in den Händen hielten.

Die Anweisungen des Richters an die Geschworenen waren klar, prägnant und unparteiisch. Er erinnerte sie an die Schwere ihrer Entscheidung, an die Notwendigkeit, mit Sorgfalt und Überlegung zu beraten. Als die Geschworenen den Gerichtssaal verließen, schien die Spannung im Raum zu dicker zu werden, eine greifbare Entität, die sich wie eine erstickende Decke über die verbleibenden Anwesenden legte.

Stunden vergingen, jede dehnte sich zu einer Ewigkeit für diejenigen, die warteten. Der Gerichtssaal blieb ein stiller Zeuge des sich entfaltenden Dramas, seine Wände hielten die geflüsterten Gebete und stummen Bitten der Anwesenden. Endlich kehrten die Geschworenen zurück, ihre Gesichter eine Maske feierlicher Entschlossenheit.

Der Vorsitzende stand auf, ein Zettel zitterte in seiner Hand. Er räusperte sich, das Geräusch hallte im stillen Raum wider, und las das Urteil vor. Ein kollektives Keuchen ging durch die Menge, gefolgt von einem Chor aus Schluchzen und Schreien. Die Mutter des Opfers sank in ihren Sitz, Tränen strömten über ihr Gesicht, während die Frau des Angeklagten einen erstickten Schrei ausstieß, ihre Fassung in einem Augenblick zerbrach.

Der Hammer des Richters fiel mit einer Endgültigkeit, die durch die Grundmauern des Gerichtsgebäudes zu hallen schien. Das Urteil wurde verkündet, und der Angeklagte wurde abgeführt, sein Gesicht eine Maske resignierter Akzeptanz. Es schien, als sei Gerechtigkeit widerfahren, aber zu welchem Preis? Der Gerichtssaal leerte sich und hinterließ ein Echo von Leben, die für immer durch die Ereignisse, die sich innerhalb seiner Mauern abgespielt hatten, verändert wurden.

Kapitel 13: Wunden heilen

Die Wahrheit umarmen

Die Morgensonne warf ein sanftes Licht über die verschlafene Stadt Riverton, wo Geheimnisse in den Schatten verweilten und Flüstern der Vergangenheit durch die engen Straßen hallten. Sarah Donovan, eine junge Journalistin mit unersättlicher Neugier, war kürzlich aus der geschäftigen Stadt zurückgekehrt, auf der Suche nach einem ruhigeren Leben und vielleicht einer Geschichte, die es wert war, erzählt zu werden. Sie ahnte nicht, dass Riverton eine Geschichte barg, die ihr Leben für immer verändern würde.

Sarahs erste Wochen in Riverton waren ereignislos, gefüllt mit alltäglichen Aufgaben und höflichen, aber distanzierten Nachbarn. Ihr Redakteur bei der Lokalzeitung, Tom Reynolds, hatte ihr aufgetragen, über Gemeindeereignisse und menschliche Interessengeschichten zu berichten, weit entfernt von dem investigativen Journalismus, von dem sie geträumt hatte. Doch es gab etwas an der Stadt, das ihre Instinkte weckte, ein Gefühl, dass unter ihrer ruhigen Oberfläche eine verborgene Tiefe lag.

An einem klaren Herbstnachmittag, als Sarah durch den Stadtplatz schlenderte, bemerkte sie einen älteren Mann, der allein auf einer verwitterten Bank saß. Seine Augen, obwohl vom Alter getrübt, hatten einen Funken Vitalität. Neugierig näherte sie sich ihm, ihre journalistischen Sinne kribbelten. Der Mann stellte sich als Henry Caldwell vor, ein lebenslanger Bewohner von Riverton. In seiner Stimme lag eine stille Stärke, ein Hauch von unzähligen Geschichten.

In den nächsten Wochen fühlte sich Sarah von Henrys Erzählungen über die Geschichte der Stadt angezogen. Er sprach von der Gründung Rivertons, seinen Triumphen und Tragödien und den Menschen, die sein Schicksal geprägt hatten. Aber es war eine bestimmte Geschichte, die ihre Aufmerksamkeit fesselte—eine Geschichte von einer tödlichen Begegnung, die vor Jahrzehnten stattgefunden hatte, umhüllt von Geheimnissen und Schweigen.

Henry enthüllte, dass in den späten 1960er Jahren eine junge Frau namens Emily Parker spurlos verschwunden war. Sie wurde zuletzt in der Nähe der alten Riverton-Mühle gesehen, einem Ort, der jetzt verlassen und mit Efeu überwuchert ist. Ihr Verschwinden hatte die Stadt in einen Schockzustand versetzt, und trotz umfangreicher Suchaktionen wurde nie eine Spur von ihr gefunden. Der Fall war kalt geworden und hinterließ ein Erbe unbeantworteter Fragen und anhaltender Verdächtigungen.

Sarahs Neugier verwandelte sich in einen brennenden Entschluss. Sie begann, alte Aufzeichnungen und Archive zu durchforsten und fügte Fragmente von Emilys Leben zusammen. Sie interviewte langjährige Bewohner, die jeweils ihre eigenen Erinnerungen und Theorien anboten. Einige glaubten, Emily sei weggelaufen, während andere von einem Verbrechen flüsterten. Je tiefer Sarah grub, desto mehr erkannte sie, dass Emilys Geschichte mit dem Wesen von Riverton verflochten war.

Eines Abends, als Sarah in ihrer schwach beleuchteten Wohnung über einem Stapel vergilbter Zeitungen brütete, entdeckte sie eine verblüffende Verbindung. Emily war mit einer prominenten Familie in Riverton, den Harringtons, verbunden gewesen, deren Einfluss immer noch über der Stadt schwebte. Gerüchte über eine verbotene Romanze und eine skandalöse Affäre kamen auf und warfen ein neues Licht auf Emilys Verschwinden.

Mit jeder Enthüllung verspürte Sarah ein wachsendes Gefühl der Dringlichkeit. Die Wahrheit, lange unter Schichten von Zeit und Geheimnissen begraben, begann ans Licht zu kommen. Sie wusste, dass es nicht einfach sein würde, die ganze Geschichte aufzudecken, und dass mächtige Kräfte versuchen könnten, sie verborgen zu halten. Aber Sarah war entschlossen. Dies war mehr als nur eine Geschichte; es war eine Suche nach

Gerechtigkeit, für Emily und für die Stadt, die sie vergessen hatte.

Als die Winde des Wandels durch Riverton fegten, stand Sarah am Rande einer Entdeckung, die die Stadt bis ins Mark erschüttern würde. Die Reise vor ihr war voller Gefahren und Ungewissheiten, aber sie war bereit, allem zu begegnen, was vor ihr lag. Denn im Herzen jedes Geheimnisses liegt das Versprechen der Wahrheit, und Sarah war entschlossen, sie ans Licht zu bringen.

Loslassen der Vergangenheit

Eine sanfte Brise raschelte durch die Bäume und trug den schwachen Duft von Kiefern und das entfernte Murmeln eines Baches mit sich. Mia stand am Rand der Lichtung, ihre Augen auf die alte Hütte gerichtet, die einst ein Zufluchtsort gewesen war. Das Holz war verwittert, die Fenster waren durch jahrelange Vernachlässigung trüb, aber für sie war es mehr als nur eine Struktur; es war ein Tresor voller Erinnerungen, sowohl geschätzter als auch unheimlicher.

Sie trat vor, ihre Stiefel knirschten auf dem Kiesweg, jeder Schritt ein Kampf gegen das Gewicht ihrer Erinnerungen. Die Hütte wurde mit jedem Schritt größer, und sie konnte fast das Echo von Lachen und das Flüstern von geteilten Geheimnissen innerhalb ihrer Wände hören. Ihr Herz schmerzte vor einer Mischung aus Nostalgie und Trauer, eine bittersüße Symphonie, die nur für sie spielte.

Als Mia die knarrende Tür aufstieß, wurde sie von einem Schwall abgestandener Luft begrüßt. Staubpartikel tanzten im Sonnenlicht, das durch die Ritzen in den Wänden fiel und den alten Möbeln einen ätherischen Glanz verlieh. Sie fuhr mit den Fingern über den abgenutzten Stoff des Sessels und erinnerte sich an die Nächte, die sie mit einem Buch zusammengerollt verbracht hatte, während die tiefe Stimme ihres Vaters Abenteuergeschichten erzählte, die ihre junge Fantasie beflügelten.

Der Kamin, jetzt kalt und leer, war einst das Herz der Hütte. Hier hatten sie sich an Winterabenden versammelt, die Flammen malten ihre Gesichter mit Wärme und Licht. Das sanfte Summen ihrer Mutter, das herzliche Lachen ihres Vaters und ihr eigenes kindliches Kichern hatten sich mit dem Knistern des Feuers vermischt und eine Harmonie geschaffen, die unzerbrechlich schien.

Aber das Leben hatte eine Art, selbst die perfektesten Illusionen zu zerstören. Der Unfall hatte wie ein gewaltiger Sturm durch ihre Welt gefegt und eine Spur der Verwüstung hinterlassen, durch die Mia jahrelang zu navigieren versucht hatte. Sie hatte den Schmerz tief in sich vergraben und in den hintersten Winkeln ihres Geistes eingeschlossen, aber jetzt, wo sie hier stand, kehrten die Erinnerungen mit einer Wucht zurück, die ihr den Atem raubte.

Sie ging in die kleine Küche, ihre Finger strichen über den Rand des Tisches, an dem sie unzählige Mahlzeiten geteilt hatten. Die Narben der Zeit waren auf seiner Oberfläche sichtbar, ebenso wie die Narben auf ihrem Herzen. Mia schloss die Augen und versuchte, die Kraft zu finden, sich den Geistern ihrer Vergangenheit zu stellen. Sie war hierher gekommen, um einen Abschluss zu finden, einen Weg, ihre Dämonen endlich zur Ruhe zu legen.

Ein Glitzern von Metall fiel ihr ins Auge, und sie bückte sich, um einen alten Schlüssel aufzuheben, angelaufen und vergessen. Es war der Schlüssel zum Dachboden, einem Ort, den sie jahrelang gemieden hatte. Mit einem tiefen Atemzug stieg sie die schmale Treppe hinauf, jede Stufe knarrte unter ihrem Gewicht. Die Dachbodentür ächzte protestierend, als sie sie aufstieß und einen Raum voller Relikte ihrer Kindheit enthüllte.

Kisten mit alten Spielsachen, verblassten Fotografien und vergessenen Kleinigkeiten lagen verstreut, jedes ein Fragment eines Lebens, das abrupt verändert worden war. Mia durchwühlte sie, Tränen strömten ihr über das Gesicht, während sie Momente der Freude und des Leids erneut erlebte. Sie wusste, dass sie, um vorwärts zu kommen, sich der Vergangenheit stellen musste, den Schmerz und die Liebe anerkennen musste, die sie geformt hatten.

Als die Sonne unter den Horizont sank und lange Schatten über den Raum warf, fühlte Mia, wie sich ein Gefühl des Friedens über sie legte. Sie hatte sich ihren Erinnerungen gestellt, ihre Trauer umarmt und dabei die Kraft gefunden, loszulassen. Die Vergangenheit würde immer ein Teil von ihr sein, aber sie hatte nicht mehr die Macht, sie zu definieren. Mit einem letzten Blick auf die Schätze ihrer Jugend stieg sie die Treppe hinunter, bereit, sich dem zu stellen, was die Zukunft bereithielt.

Eine Zukunft aufbauen

Die Sonne tauchte unter den Horizont und warf lange Schatten über die kleine Stadt Riverton. Maria stand am Rand ihrer Veranda, ihre Augen scannten die fernen Hügel, als ob sie Antworten im schwindenden Licht suchte. Die Ereignisse der letzten Wochen hatten sie mit einem Wirbelwind von Emotionen zurückgelassen, und heute Abend spürte sie das Gewicht von ihnen allen. Sie hielt das abgenutzte Stück Papier in ihrer Hand, die Tinte verschmiert von unzähligen Lesungen. Es war ein Brief von ihrem verstorbenen Ehemann, geschrieben in seiner starken, vertrauten Handschrift, gefüllt mit Träumen von einer Zukunft, die sie niemals teilen würden.

Marias Gedanken schweiften zu dem Tag, an dem sie David zum ersten Mal getroffen hatte. Er war ein Fremder in der Stadt, ein Mann mit einer geheimnisvollen Vergangenheit und einem sanften Wesen, das sie vom Moment ihres ersten Blickkontakts an in seinen Bann gezogen hatte. Sie hatten zusammen ein Leben aufgebaut, einen Stein nach dem anderen, in dieser verschlafenen Stadt, in der jeder die Angelegenheiten der anderen kannte. Aber das Schicksal, mit seinem grausamen Sinn für Humor, hatte andere Pläne. Davids vorzeitiger Tod hatte ihre Welt erschüttert und sie mit nichts als Erinnerungen und einem Herzen voller Trauer zurückgelassen.

Die Leute in der Stadt waren freundlich gewesen, hatten ihr Beileid und Unterstützung angeboten, aber Maria wusste, dass sie ihren eigenen Weg finden musste, um weiterzumachen. Sie hatte unzählige Nächte in unruhigem Schlaf verbracht, verfolgt von den Echos des Lebens, das sie verloren hatte. Aber heute Nacht fühlte sich etwas anders an. Als sie dort stand, der kühle Abendwind flüsterte durch die Bäume, fühlte sie eine Entschlossenheit, von der sie nicht wusste, dass sie sie besaß.

Maria richtete ihren Blick auf das kleine Stück Land hinter dem Haus, überwuchert von Unkraut und Wildblumen. Es war

Davids Traum gewesen, es zu kultivieren, einen Garten zu schaffen, der für sie und ihre Nachbarn gedeihen und sorgen würde. Er hatte oft davon gesprochen, seine Augen leuchteten vor Leidenschaft und Hoffnung. Und jetzt, dachte Maria, lag es an ihr, diesen Traum zum Leben zu erwecken.

Am nächsten Morgen stand sie mit dem ersten Licht der Morgendämmerung auf. Sie zog Davids alte Arbeitshandschuhe an, das Leder abgenutzt und weich, und marschierte in den Garten. Sie arbeitete unermüdlich, zog Unkraut, lockerte den Boden und pflanzte Samen. Ihre Muskeln schmerzten und Blasen bildeten sich an ihren Händen, aber mit jedem Tag spürte sie ein wachsendes Gefühl von Zielstrebigkeit. Der Garten begann Gestalt anzunehmen, Reihen von Gemüse und Kräutern sprossen unter ihrer Pflege.

Das Wort von Marias Bemühungen verbreitete sich in Riverton, und bald kamen Nachbarn vorbei, um ihre Hilfe anzubieten. Sie brachten Samen, Werkzeuge und Ratschläge mit, ihre Anwesenheit eine Erinnerung daran, dass sie auf ihrer Reise nicht allein war. Gemeinsam arbeiteten sie Seite an Seite, der Garten wurde zu einem Symbol der Hoffnung und Widerstandsfähigkeit für die gesamte Gemeinschaft.

Als die Wochen zu Monaten wurden, blühte der Garten auf, ein lebendiges Zeugnis von Davids Traum und Marias

Entschlossenheit. Das einst kahle Stück Land wimmelte nun vor Leben, ein Flickenteppich aus Grün und Farbe, der allen, die ihn sahen, Freude brachte. Und mitten in all dem fand Maria einen Frieden, den sie für immer verloren geglaubt hatte.

Sie stand eines Abends am Rande des Gartens und beobachtete, wie die Sonne über den Hügeln unterging, der Himmel in Orangetönen und Rosa gemalt. Die Zukunft, einst so ungewiss, hielt nun ein Versprechen für neue Anfänge. Mit jedem Tag fühlte Maria, wie ihr Herz heilte, der Schmerz des Verlustes der Wärme der Hoffnung wich. Sie wusste, dass Davids Geist im Garten lebte, in der Gemeinschaft, die sich um sie versammelt hatte, und in der Stärke, die sie in sich selbst gefunden hatte.

Liebe und Vergebung

Elena saß am Fenster und ihre Augen folgten den Regentropfen, die unregelmäßige Wege auf dem Glas zeichneten. Der Sturm draußen spiegelte das Chaos in ihrem Herzen wider. Erinnerungen an die vergangenen Tage spielten sich in ihrem Kopf ab, jede Szene schmerzhafter als die letzte. Sie hatte immer an die Stärke der Liebe geglaubt, an die Kraft, die sie hatte, um zu heilen und zu verwandeln. Aber jetzt nagte der Zweifel an ihrem Entschluss.

Sie erinnerte sich an den Moment, als sie Daniel zum ersten Mal traf, den Mann, der so viel Freude in ihr Leben gebracht hatte. Sein Lachen war ansteckend gewesen, seine Freundlichkeit ein Balsam für ihre müde Seele. Sie hatten Träume geteilt, Geheimnisse unter den Sternen geflüstert und eine Welt aufgebaut, in der sie sich unbesiegbar fühlten. Aber diese Welt war in einem Augenblick zerbrochen, und Elena blieb allein zurück, um die Scherben aufzusammeln.

Der Verrat war ohne Vorwarnung gekommen, ein plötzlicher Schlag, der ihr den Atem raubte. Sie hatte Daniels Betrug zufällig entdeckt, ein belauschtes Gespräch, das seine Lügen enthüllte. Der Mann, dem sie ihr Herz anvertraut hatte, führte ein Doppelleben, und die Enthüllung schnitt tiefer als jede körperliche Wunde. Elena hatte ihn zur Rede gestellt, ihre Stimme zitterte vor einer Mischung aus Wut und Trauer. Daniel hatte um Vergebung gebeten, seine Augen voller Reue, aber der Schaden war angerichtet.

In den folgenden Tagen hatte sich Elena in sich selbst zurückgezogen und Trost in der Einsamkeit gesucht. Freunde und Familie hatten ihre Unterstützung angeboten, aber ihre Worte fühlten sich hohl an. Sie konnten die Tiefe ihres Schmerzes nicht verstehen, das Gefühl des Verrats, das sie alles in Frage stellen ließ, woran sie je geglaubt hatte. Sie hatte immer stolz auf ihre Fähigkeit zur Vergebung, darauf, das Gute in den

Menschen zu sehen, aber dieses Mal fühlte es sich anders an. Diesmal war der Schmerz zu roh, die Wunde zu frisch.

Während der Regen weiter fiel, wandten sich Elenas Gedanken ihrer Mutter zu, einer Frau, die ihren eigenen Anteil an Herzschmerz erlebt hatte. Ihre Mutter hatte ihr immer gesagt, dass Liebe eine Entscheidung sei, eine Entscheidung, trotz der Fehler bei jemandem zu bleiben. Vergebung, hatte sie gesagt, bedeute nicht, den Schmerz zu vergessen, sondern sich trotz dessen dafür zu entscheiden, weiterzumachen. Elena hatte die Stärke ihrer Mutter immer bewundert, ihren unerschütterlichen Glauben an die Kraft der Liebe. Aber jetzt fragte sie sich, ob sie dieselbe Stärke besaß.

Elena wusste, dass das Festhalten an Wut sie nur verzehren würde, dass die Bitterkeit ihre Seele auffressen würde. Sie hatte es bei anderen gesehen, beobachtet, wie der Groll sie in Schatten ihrer früheren Selbst verwandelte. Das wollte sie nicht für sich selbst. Sie wollte Frieden finden, die Freude zurückgewinnen, die einst ihr Leben geprägt hatte. Aber der Weg zur Vergebung war kein leichter, und sie kämpfte darum, den ersten Schritt zu machen.

Als der Sturm begann nachzulassen, traf Elena eine Entscheidung. Sie würde sich mit Daniel treffen, seine Seite der Geschichte anhören und versuchen, seine Handlungen zu verstehen. Es würde nicht einfach sein, und es würde nicht über Nacht geschehen, aber sie schuldete es sich selbst, es zu versuchen. Die Liebe hatte ihr großes Glück gebracht, und obwohl sie auch Schmerz gebracht hatte, weigerte sie sich, diesen Schmerz ihr Leben bestimmen zu lassen. Sie würde der Zukunft mit offenem Herzen entgegentreten, bereit zu vergeben, bereit zu heilen.

Mit einem tiefen Atemzug wandte sich Elena vom Fenster ab. Der Sturm war vorüber, und die Welt draußen begann heller zu werden. Sie wusste, dass der Weg vor ihr herausfordernd sein würde, aber sie spürte einen Funken Hoffnung. Liebe und Vergebung waren miteinander verflochten, und sie war entschlossen, beides zu umarmen, egal wie schwierig der Weg sein würde.

Ein neues Kapitel

Die Morgensonne warf ein sanftes Leuchten über die Stadt und verwandelte die urbane Landschaft in eine Leinwand aus Licht und Schatten. Emma stand an ihrem Wohnungsfenster, trank ihren Kaffee und dachte über die Ereignisse der letzten Tage nach. Die Begegnung mit dem Fremden hatte ihr mehr Fragen als Antworten hinterlassen, aber sie hatte auch einen Funken in ihr entzündet—ein Gefühl von Zweck, das viel zu lange gefehlt hatte.

Sie hatte die vorige Nacht damit verbracht, die Dokumente, die sie erhalten hatte, zu durchforsten und zu versuchen, das Puzzle zusammenzusetzen, das ihr aufgedrängt worden war. Die Informationen waren kryptisch, voller Verweise auf Personen und Orte, von denen sie noch nie gehört hatte. Dennoch gab es einen Faden der Vertrautheit, den sie nicht ganz erfassen konnte, als ob die Antworten gerade außer Reichweite wären.

Ihre Gedanken wurden durch ein Klopfen an der Tür unterbrochen. Sie öffnete sie und fand Detective Harris dort stehen, sein Ausdruck so ernst wie immer.

"Darf ich hereinkommen?" fragte er, seine Stimme leise und gemessen.

Emma nickte und trat zur Seite, um ihn eintreten zu lassen. Sie setzten sich ins Wohnzimmer, die Spannung zwischen ihnen war greifbar.

"Ich habe die Akten durchgesehen," begann Emma, ihre Stimme fest. "Hier ist etwas, etwas Wichtiges. Aber ich kann es nicht alleine verstehen."

Harris lehnte sich vor, seine Augen auf ihre gerichtet. "Was hast du gefunden?"

Sie reichte ihm einen Stapel Papiere, ihre Finger zitterten leicht. "Es gibt Namen, Daten, Orte. Es scheint alles verbunden zu sein, aber ich weiß nicht wie."

Er nahm die Papiere, seine Stirn runzelte sich, als er den Inhalt durchging. "Das ist mehr, als ich erwartet habe," gab er zu. "Wer auch immer dir diese Informationen gegeben hat, spielt ein gefährliches Spiel."

Emmas Herz raste. "Was meinst du?"

Harris blickte auf, sein Blick intensiv. "Diese Namen – sie sind nicht nur zufällige Personen. Sie sind Schlüsselfiguren in etwas viel Größerem. Ein Netzwerk vielleicht. Und wenn du mitten drin steckst, bist du in größerer Gefahr, als du denkst."

Das Gewicht seiner Worte legte sich wie eine schwere Decke über sie. Sie hatte die Risiken gekannt, aber sie laut ausgesprochen zu hören, machte sie allzu real.

"Was soll ich tun?" fragte sie, ihre Stimme kaum mehr als ein Flüstern.

Harris seufzte und fuhr sich mit der Hand durch die Haare. "Wir müssen vorsichtig sein. Wir können niemandem vertrauen, bis wir mehr wissen. Aber wir können auch nicht einfach nichts tun. Wir müssen herausfinden, wer diese Leute sind und was sie planen."

Emma nickte, Entschlossenheit verhärtete ihren Willen. "Dann fangen wir jetzt an. Was auch immer es kostet, wir finden die Wahrheit."

Die Stunden, die folgten, waren ein Wirbel aus Aktivitäten. Sie verglichen Namen, verfolgten Spuren und begannen langsam, das verworrene Netz von Verbindungen zu entwirren. Jede Entdeckung brachte sie näher an das Verständnis des Umfangs dessen, womit sie es zu tun hatten, aber sie offenbarte auch die Tiefe der Gefahr, der sie ausgesetzt waren.

Als die Sonne unter den Horizont sank und die Stadt in ein Zwielicht tauchte, fühlte Emma ein seltsames Gefühl der Klarheit. Sie war in eine Welt gestoßen worden, die sie kaum verstand, aber sie war nicht mehr allein. Mit Harris an ihrer Seite fühlte sie einen Hoffnungsschimmer—den Glauben, dass sie die Wahrheit aufdecken und vielleicht einen Weg finden könnten, die dunklen Kräfte, die am Werk waren, zu stoppen.

In diesem Moment wurde ihr klar, dass sich ihr Leben unwiderruflich verändert hatte. Der Weg vor ihr war ungewiss, voller Gefahren, aber auch voller Möglichkeiten. Und zum ersten Mal seit langer Zeit fühlte sie sich wirklich lebendig.

Kapitel 14: Ein neuer Morgen

Neuanfänge

Die Morgensonne warf einen warmen Schein über die kleine Stadt Willow Creek und beleuchtete die Kopfsteinpflasterstraßen und die malerischen Häuser, die die Hauptstraße säumten. Die Luft war erfüllt vom Duft blühender Blumen, eine sanfte Erinnerung an den Wechsel der Jahreszeiten. Es war ein Tag, der neue Möglichkeiten versprach, ein scharfer Kontrast zu den turbulenten Ereignissen, die sich kürzlich ereignet hatten.

Emma Parker stand auf der Veranda ihres neuen Zuhauses, einem bescheidenen Cottage mit efeubewachsenen Wänden und einem Garten, der vor Farbenpracht nur so strotzte. Sie atmete tief ein und genoss die frische, klare Luft. Dies war ihre Chance, neu anzufangen, die Schatten ihrer Vergangenheit hinter sich zu lassen und ein Leben frei von dem Chaos aufzubauen, das sie einst verschlungen hatte.

Sie war erst vor einer Woche in Willow Creek angekommen, ihr Auto vollgepackt mit den wenigen Habseligkeiten, die sie hatte retten können. Die Stadt hatte sie mit offenen Armen empfangen, ihre Bewohner waren neugierig, aber freundlich und bereit, ihr beim Einleben zu helfen. Es war ein krasser Gegensatz zu der Stadt, aus der sie geflohen war, einem Ort, an dem Anonymität sowohl ein Segen als auch ein Fluch gewesen war.

Emma hatte Willow Creek wegen seiner Ruhe und seines Versprechens von Frieden gewählt. Sie hatte sich nach einem Ort gesehnt, an dem sie Trost finden konnte, an dem die Erinnerungen an jene schicksalhafte Nacht tief in ihrem Geist vergraben werden konnten. Die Stadt schien genau das zu bieten, ein Zufluchtsort vor dem Sturm, der sie zu verschlingen drohte.

Als sie den Kopfsteinpflasterweg zum Garten entlangging, konnte Emma nicht anders, als ein Gefühl der Hoffnung zu verspüren. Sie hatte immer Trost in der Natur gefunden, in der einfachen Tätigkeit, Pflanzen zu pflegen und ihnen beim Wachsen zuzusehen. Es war eine Erinnerung daran, dass das Leben genährt werden konnte, dass Schönheit selbst aus den dunkelsten Zeiten hervorgehen konnte.

Der Garten war ein Farbenmeer, mit Rosen, Gänseblümchen und Tulpen, die um Aufmerksamkeit wetteiferten. Emma kniete neben einem Stück frisch umgegrabener Erde, ihre Finger gruben sich in den Boden. Sie pflanzte eine Reihe Lavendel, dessen duftende Blüten ein Symbol für die Ruhe waren, die sie so verzweifelt suchte. Während sie arbeitete, spürte sie einen Sinn, eine Verbindung zur Welt um sie herum, die ihr lange gefehlt hatte.

Ihre Gedanken schweiften zu den Ereignissen, die sie hierher geführt hatten, zu der Nacht, die alles verändert hatte. Sie hatte in der Stadt gelebt, eine erfolgreiche Anwältin mit einer vielversprechenden Karriere. Aber der Erfolg hatte seinen Preis, und sie hatte sich in einem Netz aus Betrug und Gefahr verstrickt. Die tödliche Begegnung, die ihre Welt erschüttert hatte, war noch frisch in ihrem Gedächtnis, eine gespenstische Erinnerung an die Zerbrechlichkeit des Lebens.

Aber hier, in Willow Creek, spürte Emma einen Funken Hoffnung. Sie war entschlossen, wieder aufzubauen, einen Weg zu finden, um vorwärts zu kommen. Die Stadt hatte bereits begonnen, ihre Magie auf sie wirken zu lassen, ihr Charme und ihre Einfachheit boten einen Balsam für ihre verwundete Seele.

Als die Sonne höher am Himmel stieg, stand Emma auf und wischte sich die Hände an ihrer Jeans ab. Sie schaute sich im Garten um und fühlte ein Gefühl der Erfüllung. Es war ein kleiner Schritt, aber es war ein Anfang. Sie wusste, dass der Weg vor ihr nicht einfach sein würde, dass die Geister ihrer Vergangenheit nicht leicht zu vertreiben wären. Aber zum ersten Mal seit langer Zeit fühlte sie eine Möglichkeit, einen

Glauben daran, dass sie ein neues Leben für sich schaffen könnte.

Emma ging zurück zum Cottage, ihr Herz leichter als seit Monaten. Willow Creek war ihr Neuanfang, ein Ort, an dem sie heilen und wachsen konnte. Und als sie die Tür hinter sich schloss, wusste sie, dass sie die richtige Wahl getroffen hatte.

Unzerbrechliche Bande

Die Sonne tauchte unter den Horizont und warf einen bernsteinfarbenen Schein über den dichten Wald. Die Schatten wurden länger, als der Abend hereinbrach, und die Luft war schwer vom Duft der Kiefern und der Erde. Amelia und Lucas stapften durch das Unterholz, ihre Schritte ein gleichmäßiger Rhythmus vor dem Hintergrund der Symphonie der Natur. Die Spannung zwischen ihnen war greifbar, das Ergebnis unzähliger Streitigkeiten und Missverständnisse. Doch unter der Oberfläche gab es ein unausgesprochenes Band, das keiner von beiden leugnen konnte.

Amelia hielt inne und blickte zu Lucas zurück. Sein Gesicht war entschlossen, die Augen scannten die Umgebung mit einer Wachsamkeit, die von Erfahrung sprach. Sie erinnerte sich an das erste Mal, als sie sich begegneten, eine Begegnung voller Misstrauen und Verdacht. Im Laufe der Zeit verflochten sich ihre Wege, jeder Schritt brachte sie trotz der Geheimnisse, die sie beide hüteten, näher zusammen.

"Glaubst du, wir sind nah dran?" Amelias Stimme war leise, fast zögernd. Das Gewicht ihrer Mission lastete schwer auf ihren Schultern, aber sie fand Trost in Lucas' Gegenwart.

Lucas antwortete nicht sofort. Er kniete sich hin und untersuchte eine Reihe von Spuren. "Wir kommen voran," sagte er schließlich, sein Tonfall beruhigend. "Aber wir müssen wachsam bleiben. Diese Gegend ist bekannt für ihre... Überraschungen."

Amelia nickte, obwohl ihre Gedanken woanders waren. Sie dachte an die Gefahren, denen sie gemeinsam begegnet waren, die Momente puren Terrors und die kurzen Phasen der Sicherheit. Jede Prüfung hatte ihren Entschluss getestet und eine Verbindung geschmiedet, die ebenso widerstandsfähig wie zerbrechlich war. In diesen Momenten geteilter Gefahr hatte sie die Tiefe ihrer Allianz verstanden.

Während sie weitergingen, schien der Wald sich um sie zu schließen, die Bäume flüsterten Geheimnisse und das Unterholz raschelte mit unsichtbarem Leben. Der Pfad, dem sie folgten, war kaum erkennbar, ein schwacher Weg, der sich wie ein Schicksalsfaden durch die Wildnis schlängelte. Es war ein Pfad, der sie mit ihren eigenen Ängsten und Zweifeln konfrontiert hatte, aber auch ein Pfad, der ihre Stärken offenbart hatte.

"Lucas," begann Amelia und durchbrach die Stille, "warum hast du dieser Mission zugestimmt? Ich meine, nach allem, was passiert ist..."

Lucas blieb stehen und drehte sich zu ihr um. Seine Augen, die sonst so verschlossen waren, wurden weicher. "Weil," sagte er langsam, "ich an das glaube, was wir tun. Und... ich glaube an dich."

Die Worte hingen in der Luft, eine zerbrechliche Wahrheit, die die Kluft zwischen ihnen überbrückte. Amelia fühlte einen Schwall von Emotionen, eine Mischung aus Dankbarkeit und etwas Tieferem, etwas, das sie nicht ganz benennen konnte. Sie streckte die Hand aus, ihre Hand fand seine. Für einen kurzen Moment standen sie zusammen, die Welt um sie herum verblasste zur Bedeutungslosigkeit.

Dann, wie durch unausgesprochene Übereinkunft, gingen sie weiter. Der Weg vor ihnen war ungewiss, voller Gefahren und Unbekanntem. Aber zusammen waren sie stärker. Der Wald, mit all seinen Geheimnissen und Gefahren, war ein Zeugnis ihrer Reise, eine lebendige Erinnerung an das Band, das sie teilten.

Als die Dunkelheit über das Land hereinbrach, setzten Amelia und Lucas ihren Weg fort, ihre Schritte im Einklang, ihre Herzen vereint. Angesichts der Widrigkeiten hatten sie etwas Unzerbrechliches gefunden, eine Verbindung, die sie durch die noch kommenden Prüfungen führen würde. Die Nacht war jung und ihre Reise noch lange nicht vorbei, aber in diesem Moment wussten sie, dass sie bereit waren für alles, was vor ihnen lag.

Hoffnung und Erneuerung

Als die Sonne unter den Horizont sank und lange Schatten über die Landschaft warf, stand Sarah am Waldrand und blickte ins Unbekannte. Die Ereignisse der letzten Wochen hatten sie erschöpft, ihr Geist war von den unaufhörlichen Wellen der Angst und Unsicherheit zermürbt. Doch in diesem Moment der Stille spürte sie ein Flackern von etwas, das sie lange nicht gefühlt hatte—Hoffnung.

Der Wald, dicht und geheimnisvoll, war für Sarah immer ein Zufluchtsort gewesen. Seine uralten Bäume, mit ihren knorrigen Ästen und flüsternden Blättern, schienen die Geheimnisse der Welt in ihrer Rinde zu bergen. Sie holte tief Luft, atmete den erdigen Duft von Kiefern und Moos ein und fühlte, wie eine Welle der Ruhe über sie hinwegspülte. Der Wald rief sie, lud sie ein, Trost in seinen Tiefen zu finden.

Mit jedem Schritt, den sie machte, schien die Last auf ihren Schultern leichter zu werden. Der Weg vor ihr war ungewiss, aber es war ein Weg, den sie bereit war zu gehen. Die Erinnerung an jene schicksalhafte Nacht, als ihr Leben unwiderruflich verändert wurde, verfolgte sie noch immer. Doch sie wusste, dass das Verweilen in der Vergangenheit sie nur in einem Kreislauf der Verzweiflung gefangen halten würde. Sie musste nach vorne schauen, einen Weg finden, ihre zerbrochene Welt wieder aufzubauen.

Als sie tiefer in den Wald ging, verblassten die Geräusche der Zivilisation, ersetzt durch das sanfte Rascheln der Blätter und den fernen Ruf eines Vogels. Die natürliche Schönheit um sie herum stand in starkem Kontrast zu dem Chaos, das sie ertragen hatte, und brachte eine gewisse Klarheit in ihren Geist. Sie erkannte, dass das Leben trotz seiner Härten immer noch Momente der Schönheit und Anmut bereithielt.

Sarahs Gedanken drifteten zu den Menschen, die sie verloren hatte, den geliebten Menschen, die ihr im Handumdrehen genommen worden waren. Ihre Abwesenheit war eine klaffende Wunde in ihrem Herzen, aber sie wusste, dass sie wollen würden, dass sie wieder Glück findet. Sie konnte fast ihre Stimmen hören, die sie ermutigten, voranzugehen, neue Anfänge zu suchen.

Während sie ihre Reise fortsetzte, stolperte sie über eine kleine Lichtung, die im sanften Schein der Dämmerung gebadet war. In der Mitte der Lichtung stand eine einsame Eiche, deren Äste sich zum Himmel streckten, als ob sie ein stilles Gebet sprechen würden. Sarah näherte sich dem Baum und fühlte eine Art Ehrfurcht. Sie streckte die Hand aus und berührte die raue Rinde, spürte die Stärke und Widerstandsfähigkeit, die es dem Baum ermöglicht hatten, unzählige Stürme zu überstehen.

In diesem Moment machte Sarah sich selbst ein stilles Versprechen. Sie würde das Andenken an diejenigen, die sie verloren hatte, ehren, indem sie ihr Leben in vollen Zügen lebte. Sie würde Freude an den einfachen Freuden finden, die Momente des Friedens schätzen und die Liebe umarmen, die sie immer noch umgab. Die Dunkelheit, die sie verzehrt hatte, begann zu weichen und wurde durch das sanfte Licht der Hoffnung ersetzt.

Der Wald, mit seiner zeitlosen Weisheit, hatte ihr gezeigt, dass das Leben eine Reihe von Zyklen ist—Enden und Anfänge miteinander verflochten. Es lag an ihr, zu entscheiden, wie sie den Weg vor ihr beschreiten würde. Mit neuer Entschlossenheit drehte sich Sarah zurück zum Waldrand, bereit, sich den Herausforderungen zu stellen, die vor ihr lagen.

Als sie aus den Bäumen trat, begannen die ersten Sterne am Nachthimmel zu funkeln, eine Erinnerung daran, dass es selbst in den dunkelsten Zeiten immer Licht zu finden gibt. Sarah lächelte und fühlte ein Gefühl der Erneuerung. Der Weg vor ihr würde nicht einfach sein, aber sie hatte keine Angst mehr. Sie hatte ihren Weg durch die Dunkelheit gefunden und die Kraft entdeckt, vorwärts zu gehen, geleitet vom Versprechen eines helleren Morgens.

Träume und Bestrebungen

Unter dem schwachen Schein der Straßenlaternen fand sich Elena oft auf den stillen Straßen ihrer kleinen Stadt wieder, ihre Gedanken trieben in einem Meer von Möglichkeiten. Jeder Schritt, den sie machte, schien mit dem Gewicht ihrer Träume zu hallen, Träume, die weit über die Grenzen ihres Alltags hinausreichten. Die malerische Stadt, mit ihren vertrauten Gesichtern und vorhersehbaren Routinen, fühlte sich für sie wie ein Käfig an, aus dem sie sich sehnlichst befreien wollte.

Elenas Bestrebungen waren wie ein Feuer, das in ihr brannte, ein leidenschaftlicher Wunsch, dem Alltäglichen zu entfliehen und das Außergewöhnliche zu suchen. Sie stellte sich vor, in geschäftigen Städten zu sein, umgeben vom Summen des Lebens und dem Versprechen von Abenteuern. Der Gedanke, neue Kulturen zu erkunden, exotische Speisen zu kosten und

Menschen aus allen Lebensbereichen zu treffen, erfüllte sie mit unstillbarer Neugier. Sie sehnte sich danach, ihre Spuren in der Welt zu hinterlassen, mehr zu sein als nur ein weiteres Gesicht in der Menge.

Ihre Träume drehten sich nicht nur um Orte und Erlebnisse, sondern auch um die Person, die sie werden wollte. Elena stellte sich vor, eine Schriftstellerin zu sein, deren Worte Geschichten weben, die Herzen und Köpfe fesseln. Sie verbrachte unzählige Stunden damit, Notizbücher mit ihren Gedanken zu füllen und Geschichten von Liebe, Verlust und Triumph zu schreiben. Das Schreiben war ihr Zufluchtsort, ein Ort, an dem ihre Fantasie wild und frei laufen konnte. Es war durch ihre Geschichten, dass sie sich wirklich lebendig fühlte, ihre Stimme hallte über die Seiten wie ein Leuchtfeuer der Hoffnung.

Aber Träume, wie Elena nur zu gut wusste, kamen oft mit ihren eigenen Herausforderungen. Ihre Familie, obwohl liebevoll und unterstützend, konnte die Tiefe ihrer Ambitionen nicht ganz erfassen. Sie sahen ihr Schreiben als ein Hobby, eine Freizeitbeschäftigung, die schließlich praktischeren Bestrebungen weichen würde. Ihr Vater, ein Mann weniger Worte, aber starker Überzeugungen, erinnerte sie oft an die Bedeutung von Stabilität und Sicherheit. Ihre Mutter, mit ihren sanften Lächeln und besorgten Augen, fürchtete um Elenas Zukunft, unsicher über den Weg, den sie gewählt hatte.

Trotz ihrer Bedenken blieb Elena unbeirrt. Sie verstand, dass der Weg vor ihr voller Hindernisse sein würde, aber sie war entschlossen, ihren eigenen Weg zu gehen. Jeder Ablehnungsbrief von Verlagen stärkte nur ihren Entschluss, jedes Hindernis war eine gelernte Lektion. Sie fand Trost in den Worten ihrer Lieblingsautoren, deren Reisen ein Zeugnis für die Kraft der Ausdauer waren.

In Momenten des Zweifels zog sich Elena an ihren geheimen Platz am Fluss zurück, einen Ort, an dem die Welt schien anzuhalten und ihr das Atmen ermöglichte. Das beruhigende Geräusch des Wassers, das Rascheln der Blätter und die sanfte Berührung des Windes gaben ihr ein Gefühl der Klarheit. Hier schloss sie die Augen und ließ ihre Träume fliegen, ihr Herz schwoll vor Hoffnung und Entschlossenheit an.

Als die Tage zu Monaten und die Monate zu Jahren wurden, begannen Elenas Träume Gestalt anzunehmen. Sie fand sich am Rande von etwas Außergewöhnlichem wieder, das Leben, das sie sich immer vorgestellt hatte, kam langsam in den Fokus. Die Reise war noch lange nicht vorbei, aber mit jedem Schritt, den sie machte, fühlte sie sich ein wenig näher an der Person, die sie sein sollte.

Elenas Geschichte war ein Zeugnis für die Kraft der Träume und die Stärke des menschlichen Geistes. Es war eine

Erinnerung daran, dass egal wie unüberwindbar die Hindernisse erscheinen mögen, die Verfolgung der eigenen Ziele eine Reise wert ist. Und als sie am Scheideweg ihres Schicksals stand, wusste Elena, dass sie bereit war, alles zu akzeptieren, was die Zukunft bringen würde, ihr Herz voller Hoffnung und ihr Geist unzerbrechlich.

Für immer zusammen

Die Sonne tauchte unter den Horizont und warf lange Schatten über die kleine Küstenstadt Greyford. Die Luft war schwer vom Duft des Salzes und bevorstehenden Regens. Detective Sarah Mitchell stand am Rand des Piers und ließ ihren Blick über das dunkler werdende Wasser schweifen. Sie hielt ein zerknittertes Foto in der Hand, die Ränder abgenutzt von unzähligen Stunden des Studiums. Es war ein Bild ihres verstorbenen Mannes Mark, das nur wenige Tage vor seinem vorzeitigen Tod aufgenommen wurde. Sein Lächeln war eine schmerzhafte Erinnerung an das Leben, das sie einst teilten.

Sarahs Gedanken wurden durch das Geräusch nähernder Schritte unterbrochen. Sie drehte sich um und sah ihren Partner, Detective James Carter, auf sich zukommen. Sein Gesicht war von Besorgnis gezeichnet, ein scharfer Kontrast zu seinem sonst stoischen Auftreten.

"Irgendwelche Hinweise?" fragte er, seine Stimme kaum hörbar über das Tosen der Wellen.

Sarah schüttelte den Kopf, ihr Blick kehrte zum Wasser zurück. "Nichts Konkretes. Nur mehr Fragen."

James seufzte und fuhr sich mit der Hand durch die Haare. "Wir machen das jetzt seit Monaten, Sarah. Vielleicht ist es an der Zeit, einen Schritt zurückzutreten."

Sarahs Griff um das Foto wurde fester. "Ich kann nicht. Nicht, bis ich herausgefunden habe, wer das ihm angetan hat."

James legte eine beruhigende Hand auf ihre Schulter. "Wir werden sie finden. Zusammen."

Das Wort hing in der Luft, ein stilles Versprechen der Solidarität. Sarah nickte, ihre Entschlossenheit wuchs. Sie konnte es sich nicht leisten, die Hoffnung zu verlieren, nicht, wenn sie der Wahrheit so nahe war.

Später an diesem Abend kehrten sie in das enge Büro zurück, das sie als ihre Basis nutzten. Die Wände waren bedeckt mit Karten, Fotos und Notizen, die alle durch ein Netz aus rotem Faden verbunden waren. Es war ein Labyrinth aus Hinweisen, von denen jeder sie tiefer in das Geheimnis um Marks Tod führte.

Sarah setzte sich an ihren Schreibtisch und ließ ihre Augen über die neuesten Berichte schweifen. Sie verspürte einen vertrauten Stich der Frustration. Jede Spur schien in einer Sackgasse zu enden, jeder Hinweis war gerade außer Reichweite.

James zog einen Stuhl neben sie und seine Anwesenheit war eine beruhigende Kraft. "Wir werden es schaffen," sagte er leise.

Sarah warf ihm einen Blick zu und war dankbar für seine unerschütterliche Unterstützung. "Ich weiß," antwortete sie, ihre Stimme von Entschlossenheit geprägt.

Als die Nacht voranschritt, arbeiteten sie schweigend weiter, ihre Gedanken auf die Aufgabe konzentriert. Die Stunden vergingen, das Ticken der Uhr eine ständige Erinnerung an die verlorene Zeit.

In den frühen Morgenstunden fiel Sarahs Blick auf ein Beweisstück, das sie übersehen hatte. Es war eine Quittung von einem örtlichen Baumarkt, datiert auf den Tag vor Marks Tod. Ihr Herz raste, als ihr klar wurde, dass dies der Durchbruch sein könnte, auf den sie gewartet hatten.

"James, sieh dir das an," sagte sie und hielt die Quittung hoch.

Er beugte sich vor, seine Augen weiteten sich, als er die Details las. "Das könnte es sein," murmelte er.

Sarah fühlte einen Hoffnungsschimmer. Sie waren endlich auf dem richtigen Weg. Sie warf einen Blick auf James, ihre Augen trafen sich in einem Moment des gegenseitigen Verständnisses.

"Lass uns gehen," sagte sie und griff nach ihrem Mantel.

Gemeinsam machten sie sich auf den Weg in die Nacht, ihre Schritte hallten in den leeren Straßen wider. Die Sturmwolken zogen über ihnen auf, aber Sarah fühlte einen erneuerten Sinn für Zweck. Sie wusste, dass sie, egal was vor ihnen lag, es gemeinsam angehen würden.

Kapitel 15: Epilog

Reflexion über die Reise

Die Sonne hatte kaum begonnen aufzusteigen, als Sarah sich am Rand des Piers wiederfand, die kalte, salzige Brise stach in ihre Wangen. Das frühe Morgenlicht warf lange Schatten über die Holzplanken, jedes Knarren unter ihren Füßen widerhallte das Gewicht der Ereignisse des vergangenen Jahres. Sie schloss die Augen und versuchte, den Mut aufzubringen, sich den Erinnerungen zu stellen, die sie verfolgten.

Alles hatte mit einer einfachen Geschäftsreise begonnen, einem Routineauftrag, der sich in etwas weitaus Unheimlicheres verwandelt hatte. Sarah war selbstbewusst gewesen, ein aufstrebender Stern in ihrer Firma, bereit, jede Herausforderung anzunehmen, die ihr in den Weg gestellt wurde. Sie wusste nicht, dass diese besondere Herausforderung nicht nur ihre beruflichen Fähigkeiten, sondern auch ihr Überleben auf die Probe stellen würde.

Das erste Anzeichen, dass etwas nicht stimmte, kam in Form einer kryptischen E-Mail, die von einer anonymen Quelle gesendet wurde. Es war nur eine einzige Zeile, eine Warnung, die damals eher wie ein Scherz wirkte: "Vertraue niemandem."

Sie hatte darüber gelacht und sie ihrem Kollegen Mark gezeigt, der nur mit den Schultern gezuckt und vorgeschlagen hatte, dass es nur ein Hacker sei, der sie erschrecken wollte. Aber im Laufe der Tage wuchs das Unbehagen.

Mark war ihr Fels in der Brandung während der ganzen Tortur gewesen, sein ruhiges Auftreten und scharfer Verstand boten einen dringend benötigten Anker. Gemeinsam hatten sie ein Netz aus Täuschungen aufgedeckt, das weit über ihre anfänglichen Erwartungen hinausging. Was wie eine einfache Fusion ausgesehen hatte, war zu einem tödlichen Katz-und-Maus-Spiel geworden, bei dem mächtige Spieler im Hintergrund die Fäden zogen.

Sarah erinnerte sich an die Nacht, als sie in das verlassene Lagerhaus eingebrochen waren, die Luft war dick von Spannung und dem Geruch von Rost. Dort hatten sie die Beweise gefunden, die die Verschwörung aufdecken würden. Aber es hatte seinen Preis. Mark war angeschossen worden, die Kugel hatte seine Schulter durchbohrt, und sie hatte ihn kaum in Sicherheit schleppen können. Das Bild von ihm, wie er auf dem kalten Beton lag, das Blut, das sich um ihn sammelte, hatte sich in ihr Gedächtnis eingebrannt.

Sie waren untergetaucht, ihr Leben war auf eine Reihe von Motels und sicheren Häusern reduziert, immer auf der Hut.

Vertrauen war ein Luxus geworden, den sie sich nicht mehr leisten konnten. Sarah hatte gelernt, mit einem offenen Auge zu schlafen, das Gewicht einer geladenen Waffe unter ihrem Kissen als ständige Erinnerung an die Gefahr, in der sie sich befanden.

Doch trotz allem gab es Momente unerwarteter Schönheit. Die Bindung zwischen ihr und Mark war tiefer geworden, geschmiedet im Feuer gemeinsamer Härten. Sie hatten zusammen gelacht, zusammen geweint und in den stillen Momenten Trost in der Gegenwart des anderen gefunden. Es war eine Verbindung, die das Chaos um sie herum überdauerte, ein Leuchtfeuer der Hoffnung in den dunkelsten Zeiten.

Als Sarah auf dem Pier stand, überkamen sie die Erinnerungen wie die Wellen, die gegen das Ufer schlugen. Sie fühlte ein Gefühl des Abschlusses, eine Erkenntnis, dass die Reise sie auf eine Weise verändert hatte, die sie sich nie hätte vorstellen können. Die Person, die sie früher gewesen war, schien wie eine ferne Erinnerung, ersetzt durch jemanden, der stärker und widerstandsfähiger war.

Der Wind frischte auf, zerrte an ihrem Haar, und sie öffnete die Augen zum Horizont. Es gab noch viel zu tun, lose Enden zu verknüpfen und Gerechtigkeit walten zu lassen. Aber für den Moment, in diesem Augenblick, gönnte sie sich eine kurze

Pause, eine Chance, zu atmen und über alles nachzudenken, was geschehen war. Und als die ersten Sonnenstrahlen durch die Wolken brachen, spürte Sarah einen Schimmer der Hoffnung für die Zukunft.

Lektionen gelernt

Die Nacht war in eine beunruhigende Stille gehüllt, die nur gelegentlich durch das Rascheln der Blätter und das entfernte Rufen einer Eule unterbrochen wurde. Als Detective Sarah Miller am Rand des Tatorts stand, konnte sie nicht anders, als über die Ereignisse nachzudenken, die sie zu diesem Moment geführt hatten. Der Fall hatte mit einem anonymen Hinweis begonnen, einem Flüstern im Dunkeln, das auf etwas Unheilvolleres hinwies, als irgendjemand erwartet hatte. Sarah hatte die Spur mit der Hartnäckigkeit eines Bluthundes verfolgt, entschlossen, die Wahrheit aufzudecken, egal wie tief sie vergraben war.

Die Untersuchung war ein Labyrinth aus Sackgassen und falschen Fährten gewesen, jede Wendung verwirrender als die letzte. Sarah hatte früh gelernt, dass Vertrauen eine zerbrechliche Ware war, leicht zerschmettert durch Täuschung und Verrat. Ihre Instinkte waren über Jahre hinweg geschärft worden, aber selbst sie war von den unerwarteten Wendungen, die den Fall auf den Kopf gestellt hatten, überrascht worden.

Die Menschen, die sie einst als Verbündete betrachtet hatte, hatten ihr wahres Gesicht gezeigt und ein Netz der Korruption offenbart, das weit über das hinausging, was sie sich vorgestellt hatte.

Als sie die Fragmente des Puzzles zusammensetzte, erkannte Sarah, dass jede Handlung Konsequenzen hatte, oft weitreichend und unvorhergesehen. Die Entscheidungen, die sie traf, die Wege, die sie zu gehen beschloss, hatten alle eine Welleneffekt, der das Ergebnis des Falls beeinflusste. Es war eine eindringliche Erinnerung daran, dass Gerechtigkeit nicht immer schwarz und weiß war, sondern ein komplexes Zusammenspiel von Grautönen. Die Grenzen zwischen richtig und falsch verschwammen, und sie musste sich durch ein moralisches Minenfeld navigieren, ohne klare Richtung.

Sarahs Begegnungen mit den Familien der Opfer waren der erschütterndste Teil der Untersuchung gewesen. Ihre Trauer war eine greifbare Kraft, ein gespenstisches Echo, das lange nach ihrem Verlassen ihrer Häuser nachhallte. Sie hatte den Schmerz in ihren Gesichtern gesehen, das Gewicht ihrer Trauer gespürt, und es hatte ihren Entschluss gestärkt, den Täter zur Rechenschaft zu ziehen. Aber es hatte ihr auch die Bedeutung von Empathie beigebracht, das Verständnis für das menschliche Element hinter den kalten, harten Fakten des Falls.

Die Untersuchung war auch ein Test ihrer Ausdauer gewesen, sowohl körperlich als auch geistig. Lange Stunden, schlaflose Nächte und der ständige Druck, Antworten zu finden, hatten ihren Tribut gefordert. Doch trotz allem hatte sie den Wert der Ausdauer gelernt, des Vorwärtsdrängens, selbst wenn die Chancen unüberwindbar schienen. Es war eine Lektion in Widerstandsfähigkeit, ein Zeugnis für die Stärke des menschlichen Geistes angesichts von Widrigkeiten.

Als sie am Tatort stand, konnte Sarah nicht anders, als an die Leben zu denken, die durch die Ereignisse, die sich entfaltet hatten, unwiderruflich verändert worden waren. Die Opfer, ihre Familien und sogar die Täter waren alle durch einen tragischen Faden des Schicksals miteinander verbunden. Es war eine ernüchternde Erinnerung an die Zerbrechlichkeit des Lebens und die Bedeutung der Suche nach Gerechtigkeit, nicht nur für die Opfer, sondern zum Wohle der Gesellschaft als Ganzes.

Der Fall war ein Prüfstein gewesen, der sie zu einer stärkeren, entschlosseneren Detektivin geschmiedet hatte. Er hatte ihr die Bedeutung von Wachsamkeit beigebracht, alles zu hinterfragen und nichts als selbstverständlich anzusehen. Er hatte ihr die Tiefen menschlicher Verderbtheit gezeigt, aber auch die Fähigkeit zur Erlösung und Vergebung. Und als das erste Licht der Morgendämmerung begann, die Dunkelheit zu durchbrechen, wusste Sarah, dass sie bereit war, sich den

Herausforderungen zu stellen, die vor ihr lagen, bewaffnet mit den Lektionen, die sie aus dieser tödlichen Begegnung gelernt hatte.

Eine Liebe, die alles überdauert

Der Regen fiel in einem gleichmäßigen Rhythmus und trommelte gegen die Fenster des kleinen Cafés, in dem Elena saß, ihre Finger den Rand ihrer Kaffeetasse nachzeichnend. Sie war oft hierher gekommen, um Trost im vertrauten Summen der Gespräche und dem Duft frischer Backwaren zu suchen. Heute jedoch war ihr Geist weit entfernt von der tröstenden Umarmung der Routine. Ihre Gedanken waren von Erinnerungen an jene schicksalhafte Nacht erfüllt, die Nacht, in der sie ihn traf.

Es war ein stürmischer Abend gewesen, ähnlich wie dieser, als sich ihre Wege zum ersten Mal kreuzten. Elena war spät dran gewesen, ihr Regenschirm bot kaum Schutz vor dem sintflutartigen Regen. Sie war in eine kleine Buchhandlung geflüchtet, verzweifelt auf der Suche nach Schutz. Dort sah sie ihn, wie er bei der Gedichtabteilung stand, sein dunkles Haar zerzaust und feucht. Ihre Blicke trafen sich, und in diesem Moment ging etwas Unerklärliches zwischen ihnen vor.

Sein Name war Daniel, ein Schriftsteller mit einer Vorliebe für das Melancholische. Sie begannen ein Gespräch, zunächst über Bücher, aber bald tauchten sie tiefer ein, in ihre Ängste, ihre Träume, ihre Seelen. Stunden vergingen unbemerkt, während sie in einer Ecke des Ladens saßen und die Welt draußen vergaßen. Es gab ein unausgesprochenes Verständnis, eine Verbindung, die der Logik trotzte.

Tage wurden zu Wochen, und ihre Bindung wurde stärker. Sie verbrachten unzählige Abende zusammen, erkundeten die Stadt, teilten Geheimnisse und gestohlene Küsse. Elena fand sich in einer Weise in ihn verliebt, die sie nie für möglich gehalten hätte. Daniel, mit seinen düsteren Augen und seinem sanften Lächeln, hatte etwas in ihr geweckt—eine Liebe, die Zeit und Raum überstieg.

Aber das Leben, wie es oft der Fall ist, hatte andere Pläne. Daniels Vergangenheit, ein schattenhaftes Gespenst, das er zu entkommen versucht hatte, holte sie ein. Er war in etwas Gefährliches verwickelt gewesen, etwas, das nun drohte, sie auseinanderzureißen. Elena erfuhr von seiner Verwicklung in eine geheime Gruppe, die am Rande der Gesellschaft operierte. Die Offenbarung traf sie wie eine Flutwelle, ließ sie atemlos und benommen zurück.

Trotz der Gefahr blieb ihre Liebe unerschütterlich. Sie schworen, allem, was auf sie zukam, gemeinsam entgegenzutreten. Es war ein Versprechen, das in der Hitze der Leidenschaft gemacht wurde, aber eines, das bald auf die Probe gestellt werden würde. Die Gruppe, die Daniels Verrat entdeckt hatte, markierte ihn als Ziel. Auch Elena war nun in ihrem Visier.

Ihre Tage waren von einem ständigen Gefühl der Dringlichkeit erfüllt, dem Bedürfnis, ihren Verfolgern immer einen Schritt voraus zu sein. Sie zogen von Ort zu Ort, blieben nie lange genug, um gefunden zu werden. Es war ein Leben am Rande, voller Gefahren, aber auch mit Momenten tiefster Schönheit. Jeder gestohlene Blick, jedes geflüsterte Wort war ein Zeugnis ihrer unerschütterlichen Liebe.

Während der Regen weiter fiel, kehrten Elenas Gedanken in die Gegenwart zurück. Sie blickte auf den leeren Sitz ihr gegenüber, ein Stich der Sehnsucht durchbohrte ihr Herz. Daniel war dort draußen, irgendwo, und kämpfte darum, sie beide zu beschützen. Sie klammerte sich an die Hoffnung, dass ihre Liebe, so leidenschaftlich und wahr, sie durch den Sturm bringen würde.

Im schummrigen Licht des Cafés, umgeben vom beruhigenden Summen des Lebens, das weiterging, fasste Elena einen stillen

Entschluss. Egal, was die Zukunft bringen würde, sie würde an der Liebe festhalten, die sie zusammengebracht hatte, eine Liebe, die die Dunkelheit überwand, die drohte, sie zu verschlingen.

Vorwärts bewegen

Die Sonne tauchte unter den Horizont und warf einen bernsteinfarbenen Schein über die Stadtlandschaft. Sarah stand auf dem Balkon ihrer Wohnung, der kühle Wind zerzauste ihr Haar, während sie über die Ereignisse nachdachte, die sie hierher geführt hatten. Die letzten Wochen waren ein Wirbelwind der Emotionen, Entdeckungen und unerwarteten Allianzen gewesen. Sie hatte immer gewusst, dass das Leben unvorhersehbar sein konnte, aber nichts hatte sie auf die Ereignisse vorbereitet, die sich seit jener schicksalhaften Nacht entfaltet hatten.

Die Begegnung mit dem Fremden hatte sie mit mehr Fragen als Antworten zurückgelassen. Wer war er wirklich, und was wollte er von ihr? Als die Tage zu Wochen wurden, hatte Sarah Bruchstücke von Informationen zusammengesetzt, jede Enthüllung zog sie tiefer in ein Netz aus Intrigen und Gefahr. Die kryptischen Nachrichten des Fremden und die schattenhaften Gestalten, die ihr bei jedem Schritt zu folgen schienen, erinnerten sie ständig daran, dass sie nun Teil von etwas viel Größerem war als sie selbst.

Entschlossen, die Wahrheit aufzudecken, hatte Sarah Verbündete gesucht, Menschen, die ihr helfen konnten, die tückischen Gewässer zu navigieren, in denen sie sich befand. Sie hatte Thomas getroffen, einen ehemaligen Detektiv, der zum Privatdetektiv geworden war und ihr maßgeblich geholfen hatte, die vom Fremden hinterlassenen Hinweise zu entschlüsseln. Sein raues Äußeres verbarg einen scharfen Verstand und ein Herz aus Gold, und zusammen hatten sie eine ungewöhnliche Partnerschaft gebildet.

Ihre Ermittlungen hatten sie ins Herz der Unterwelt der Stadt geführt, eine Welt voller Geheimnisse und Lügen, in der Vertrauen eine seltene Ware war. Sie hatten eine geheime Organisation aufgedeckt, die Verbindungen zu mächtigen Persönlichkeiten sowohl in der Unternehmenswelt als auch in der Regierung hatte. Je tiefer sie gruben, desto gefährlicher wurde ihre Mission. Sarah hatte gelernt, vorsichtig zu sein, alles und jeden zu hinterfragen. Aber selbst angesichts der Gefahr hatte sie einen Sinn gefunden, einen Antrieb, das bis zum Ende durchzuziehen.

Eines Abends, als sie in Thomas' schwach beleuchtetem Büro über Dokumenten brüteten, kam es zu einem Durchbruch. Ein

Name, der bisher im Schatten verborgen war, tauchte als Schlüsselspieler in der Verschwörung auf. Sarahs Herz raste, als sie die Implikationen erkannte. Dies war die Person, die die Antworten liefern konnte, die sie suchte, diejenige, die das Rätsel lösen konnte, das ihr Leben verzehrt hatte.

Mit erneuter Entschlossenheit entwickelten Sarah und Thomas einen Plan. Sie würden diese Person konfrontieren, aber sie wussten, dass sie vorsichtig sein mussten. Die Einsätze waren höher als je zuvor, und ein falscher Schritt könnte sie alles kosten. Sarah fühlte eine Mischung aus Angst und Aufregung, als sie sich auf die Konfrontation vorbereiteten. Sie wusste, dass dies der Wendepunkt sein könnte, der Moment, in dem die Wahrheit endlich ans Licht kommen würde.

Als sie sich dem Treffpunkt näherten, raste Sarahs Gedanken mit Möglichkeiten. Sie dachte an ihre Familie, ihre Freunde und das Leben, das sie hinter sich gelassen hatte. Sie fragte sich, ob sie jemals zur Einfachheit ihres früheren Daseins zurückkehren würde oder ob diese neue Realität ihre Zukunft sein würde. Aber trotz der Ungewissheit verspürte sie einen Sinn für Entschlossenheit. Sie war zu weit gekommen, um jetzt umzukehren.

Die Nacht war still, die Luft dick vor Erwartung. Sarah und Thomas tauschten einen Blick, ein stilles Anerkenntnis der

Risiken, die sie eingingen. Als sie in die Schatten traten, bereit, sich dem zu stellen, was vor ihnen lag, verspürte Sarah einen Schub an Mut. Sie war nicht mehr die Frau, die zufällig in diese Welt gestolpert war. Sie war eine Kämpferin, entschlossen, die Wahrheit aufzudecken und ihr Leben zurückzufordern.

Die Zukunft erwartet

Die Stadt war in die goldenen Töne einer untergehenden Sonne getaucht, die lange Schatten über die Kopfsteinpflasterstraßen warfen. Ein Gefühl der Vorahnung lag in der Luft, als ob die Stadt selbst den Atem anhielt und auf das Unvermeidliche wartete. Mark stand am Rand der alten Brücke und starrte in die trüben Wasser darunter. Die Ereignisse der letzten Wochen hatten ihn in einen Zustand ständiger Unruhe versetzt, sein Geist war ein Wirbelsturm aus Gedanken und Gefühlen.

Er erinnerte sich an das erste Mal, als er Claire getroffen hatte, die rätselhafte Frau, deren Anwesenheit sein Leben auf den Kopf gestellt hatte. Ihre Begegnung war alles andere als gewöhnlich gewesen, eine Kollision der Schicksale, die von einer unsichtbaren Hand orchestriert zu sein schien. Als er jetzt an sie dachte, zog ein Stich der Sehnsucht an seinem Herzen. Claire hatte immer mit einer gewissen Sicherheit über die Zukunft gesprochen, als ob sie die Fäden des Schicksals vor sich gewebt sehen könnte.

Marks Hand umklammerte das abgenutzte, ledergebundene Tagebuch, das sie ihm gegeben hatte. In seinen Seiten befanden sich Hinweise, kryptische Nachrichten und Skizzen, die auf einen Weg nach vorne hindeuteten. Er hatte unzählige Stunden damit verbracht, seinen Inhalt zu entschlüsseln, aber die Antworten blieben schwer fassbar. Das Tagebuch war mehr als eine Sammlung von Notizen; es war eine Karte, ein Führer zu einer Zukunft, die gerade außer Reichweite zu sein schien.

Das Geräusch von näher kommenden Schritten riss ihn aus seinen Gedanken. Er drehte sich um und sah Ethan, seinen ältesten Freund und Vertrauten. Ethans Gesichtsausdruck war besorgt, seine Stirn war gerunzelt, als er näher kam. "Mark, du kannst das nicht weiter mit dir machen," sagte er, seine Stimme von Sorge durchdrungen. "Du jagst Geistern nach."

Mark seufzte und fuhr sich mit der Hand durch die Haare. "Ich kann das Gefühl nicht abschütteln, dass da mehr dahintersteckt, Ethan. Claire wusste etwas, etwas Wichtiges. Ich muss herausfinden, was es ist."

Ethan legte eine beruhigende Hand auf Marks Schulter. "Ich verstehe, aber du musst vorsichtig sein. Es gibt eine feine Linie zwischen der Suche nach Antworten und dem Verlust deiner selbst im Prozess."

Mark nickte und schätzte die Sorge seines Freundes. Er wusste, dass Ethan recht hatte, aber der Sog des Unbekannten war zu stark, um ihn zu ignorieren. "Ich muss das durchziehen, um Claires willen. Sie glaubte an etwas Größeres, und ich schulde es ihr, es zu Ende zu bringen."

Als sie dort standen, tauchten die letzten Sonnenstrahlen unter den Horizont und tauchten die Stadt in ein Zwielicht. Die Zukunft war ein weites, unerforschtes Gebiet, gefüllt mit sowohl Versprechen als auch Gefahren. Mark fühlte einen erneuerten Sinn für Entschlossenheit, einen festen Willen, die Wahrheit aufzudecken, egal um welchen Preis.

Ethan gab ihm ein unterstützendes Nicken. "Was auch immer passiert, du wirst dem nicht allein gegenüberstehen. Wir werden das zusammen herausfinden." Mit einem letzten Blick auf das Tagebuch fühlte Mark einen Anflug von Hoffnung. Der Weg vor ihm war ungewiss, aber er war bereit, ihm direkt entgegenzutreten. Die Zukunft wartete, und mit seinen Freunden an seiner Seite war er bereit, sich den Herausforderungen zu stellen, die vor ihm lagen. Als sie sich umdrehten, um die Brücke zu verlassen, schien die Stadt auszuatmen, als ob sie die Reise anerkennen würde, die im Begriff war zu beginnen. Die Antworten waren da draußen und warteten darauf, entdeckt zu werden, und Mark war entschlossen, sie zu finden.